THÉRÈSE DESQUEYROUX

D0012504

ŒUVRES DE FRANÇOIS MAURIAC

Dans Le Livre de Poche :

FRANÇOIS MAURIAC

DE L'ACADÉMIE FRANÇAISE

Thérèse Desqueyroux

BERNARD GRASSET

© *Bernard Grasset, 1927.*
Tous droits de traduction, de reproduction et d'adaptation
réservés pour tous pays.

> Seigneur, ayez pitié, ayez
> pitié des fous et des folles!
> O Créateur! peut-il exister des
> monstres aux yeux de celui-là
> seul qui sait pourquoi ils exis-
> tent, comment *ils se sont faits,*
> et comment ils auraient pu ne
> pas se faire....
>
> Charles BAUDELAIRE.

Thérèse, beaucoup diront que tu n'existes pas. Mais je sais que tu existes, moi qui, depuis des années, t'épie et souvent t'arrête au passage, te démasque.

Adolescent, je me souviens d'avoir aperçu, dans une salle étouffante d'assises, livrée aux avocats moins féroces que les dames empana-chées, ta petite figure blanche et sans lèvres.

Plus tard, dans un salon de campagne, tu m'apparus sous les traits d'une jeune femme ha-garde qu'irritaient les soins de ses vieilles pa-

*rentes, d'un époux naïf : « Mais qu'a-t-elle donc?
disaient-ils. Pourtant nous la comblons de tout. »*

*Depuis lors, que de fois ai-je admiré, sur ton
front vaste et beau, ta main un peu trop grande!
Que de fois, à travers les barreaux vivants d'une
famille, t'ai-je vue tourner en rond, à pas de
louve; et de ton œil méchant et triste tu me
dévisageais.*

*Beaucoup s'étonneront que j'aie pu imaginer
une créature plus odieuse encore que tous mes
autres héros. Saurai-je jamais rien dire des êtres
ruisselants de vertu et qui ont le cœur sur la
main? Les « cœurs sur la main » n'ont pas d'histoire; mais je connais celle des cœurs enfouis et
tout mêlés à un corps de boue.*

*J'aurais voulu que la douleur, Thérèse, te
livre à Dieu; et j'ai longtemps désiré que tu
fusses digne du nom de sainte Locuste. Mais
plusieurs, qui pourtant croient à la chute et au
rachat de nos âmes tourmentées, eussent crié au
sacrilège.*

*Du moins, sur ce trottoir où je t'abandonne,
j'ai l'espérance que tu n'es pas seule.*

I

L'avocat ouvrit une porte. Thérèse Desqueyroux, dans ce couloir dérobé du palais de justice, sentit sur sa face la brume et, profondément, l'aspira. Elle avait peur d'être attendue,
hésitait à sortir. Un homme, dont le col était
relevé, se détacha d'un platane; elle reconnut
son père. L'avocat cria : « Non-lieu » et, se re-
tournant vers Thérèse :

« Vous pouvez sortir : il n'y a personne. »

Elle descendit des marches mouillées. Oui, la
petite place semblait déserte. Son père ne l'em-
brassa pas, ne lui donna pas même un regard;
il interrogeait l'avocat Duros qui répondait à
mi-voix, comme s'ils eussent été épiés. Elle entendait confusément leurs propos :

« Je recevrai demain l'avis officiel du non-lieu.

— Il ne peut plus y avoir de surprise?

— Non : les carottes sont cuites, comme on dit.

— Après la déposition de mon gendre, c'était couru.

— Couru... couru... On ne sait jamais.

— Du moment que, de son propre aveu, il ne comptait jamais les gouttes...

— Vous savez, Larroque, dans ces sortes d'affaires, le témoignage de la victime... »

La voix de Thérèse s'éleva :

« Il n'y a pas eu de victime.

— J'ai voulu dire : victime de son imprudence, madame. »

Les deux hommes, un instant, observèrent la jeune femme immobile, serrée dans son manteau, et ce blême visage qui n'exprimait rien. Elle demanda où était la voiture; son père l'avait fait attendre sur la route de Budos, en dehors de la ville, pour ne pas attirer l'attention.

Ils traversèrent la place : des feuilles de platane étaient collées aux bancs trempés de pluie. Heureusement, les jours avaient bien diminué. D'ailleurs, pour rejoindre la route de Budos, on peut suivre les rues les plus désertes de la sous-préfecture. Thérèse marchait entre les deux hommes qu'elle dominait du front et qui de

nouveau discutaient comme si elle n'eût pas été
présente; mais, gênés par ce corps de femme
qui les séparait, ils le poussaient du coude.
Alors elle demeura un peu en arrière, déganta
sa main gauche pour arracher de la mousse aux
vieilles pierres qu'elle longeait. Parfois un ou-
vrier à bicyclette la dépassait, ou une carriole;
la boue jaillie l'obligeait à se tapir contre le
mur. Mais le crépuscule recouvrait Thérèse, empêchait que les hommes la reconnussent. L'odeur
de fournil et de brouillard n'était plus seulement pour elle l'odeur du soir dans une petite
ville : elle y retrouvait le parfum de la vie qui
lui était rendue enfin; elle fermait les yeux au
souffle de la terre endormie, herbeuse et mouillée; s'efforçait de ne pas entendre les propos du
petit homme aux courtes jambes arquées qui,
pas une fois, ne se retourna vers sa fille; elle
aurait pu choir au bord de ce chemin : ni lui,
ni Duros ne s'en fussent aperçus. Ils n'avaient
plus peur d'élever la voix.

« La déposition de M. Desqueyroux était
excellente, oui. Mais il y avait cette ordonnance :
en somme, il s'agissait d'un faux... Et c'était le
docteur Pédemay qui avait porté plainte...

— Il a retiré sa plainte...

— Tout de même, l'explication qu'elle a don-
née : cet inconnu qui lui remet une ordonnance... »

Thérèse, moins par lassitude que pour échapper à ces paroles dont on l'étourdissait depuis
des semaines, ralentit en vain sa marche; impossible de ne pas entendre le fausset de son père :
« Je le lui ai assez dit : « Mais, malheureuse,
« trouve autre chose... trouve autre chose... »

Il le lui avait assez dit, en effet, et pouvait se
rendre justice. Pourquoi s'agite-t-il encore? Ce
qu'il appelle l'honneur du nom est sauf; d'ici
les élections sénatoriales, nul ne se souviendra
plus de cette histoire. Ainsi songe Thérèse qui
voudrait bien ne pas rejoindre les deux hommes;
mais dans le feu de la discussion, ils s'arrêtent
au milieu de la route et gesticulent.

« Croyez-moi, Larroque, faites front; prenez
l'offensive dans *Le Semeur* de dimanche; préfé-
rez-vous que je m'en charge? Il faudrait un titre
comme *La rumeur infâme*..

— Non, mon vieux; non, non : que répondre,
d'ailleurs? C'est trop évident que l'instruction a
été bâclée; on n'a pas même eu recours aux ex-
perts en écriture; le silence, l'étouffement, je ne

connais que ça. J'agirai, j'y mettrai le prix; mais, pour la famille, il faut recouvrir tout ça... il faut recouvrir... »

Thérèse n'entendit pas la réponse de Duros, car ils avaient allongé le pas. Elle aspira de nouveau la nuit pluvieuse, comme un être menacé d'étouffement; et soudain s'éveilla en elle le visage inconnu de Julie Bellade, sa grand-mère maternelle — inconnu : on eût cherché vainement chez les Larroque ou chez les Desqueyroux un portrait, un daguerréotype, une photographie de cette femme dont nul ne savait rien, sinon qu'elle était partie un jour. Thérèse imagine qu'elle aurait pu être ainsi effacée, anéantie, et que plus tard il n'eût pas même été permis à sa fille, à sa petite Marie, de retrouver dans un album la figure de celle qui l'a mise au monde. Marie, à cette heure, déjà s'endort dans une chambre d'Argelouse où Thérèse arrivera tard, ce soir; alors la jeune femme entendra, dans les ténèbres, ce sommeil d'enfant; elle se penchera, et ses lèvres chercheront, comme de l'eau, cette vie endormie.

Au bord du fossé, les lanternes d'une calèche, dont la capote était baissée, éclairaient deux croupes maigres de chevaux. Au-delà, se dressait, à gauche et à droite de la route, une muraille sombre de forêt. D'un talus à l'autre, les cimes des premiers pins se rejoignaient et, sous cet arc, s'enfonçait la route mystérieuse. Le ciel, au-dessus d'elle, se frayait un lit encombré de branches.

Le cocher contemplait Thérèse avec une attention goulue. Comme elle lui demandait s'ils arriveraient assez tôt pour le dernier train, à la gare de Nizan, il la rassura : tout de même, mieux valait ne pas s'attarder.

« C'est la dernière fois que je vous donne cette corvée, Gardère.

— Madame n'a plus à faire ici? »

Elle secoua la tête et l'homme la dévorait toujours des yeux. Devrait-elle, toute sa vie, être ainsi dévisagée?

« Alors, tu es contente? »

Son père semblait enfin s'apercevoir qu'elle était là. Thérèse, d'un bref regard, scruta ce visage sali de bile, ces joues hérissées de durs poils d'un blanc jaune que les lanternes éclairaient vivement. Elle dit à voix basse : « J'ai tant souffert... je suis rompue... » puis s'interrompit : à quoi bon parler? Il ne l'écoute pas; ne la voit plus. Que lui importe ce que Thérèse éprouve?

Cela seul compte : son ascension vers le Sénat interrompue, compromise à cause de cette fille (toutes des hystériques quand elles ne sont pas des idiotes). Heureusement, elle ne s'appelle plus Larroque; c'est une Desqueyroux. La cour d'assises évitée, il respire. Comment empêcher les adversaires d'entretenir la plaie? Dès demain, il ira voir le préfet. Dieu merci, on tient le directeur de *La Lande conservatrice* : cette histoire de petites filles... Il prit le bras de Thérèse :

« Monte vite; il est temps. »

Alors l'avocat, perfidement peut-être — ou pour que Thérèse ne s'éloignât pas, sans qu'il lui eût adressé une parole, demanda si elle rejoignait dès ce soir M. Bernard Desqueyroux. Comme elle répondait : « Mais bien sûr, mon mari m'attend... » elle se représenta pour la première fois, depuis qu'elle avait quitté le juge, qu'en effet dans quelques heures, elle passerait le seuil de la chambre où son mari était étendu, un peu malade encore, et qu'une indéfinie suite de jours, de nuits, s'ouvrait, au long desquels il faudrait vivre tout contre cet homme.

Etablie chez son père, aux portes de la petite ville, depuis l'ouverture de l'instruction, sans

doute avait-elle souvent fait ce même voyage
qu'elle entreprenait ce soir; mais elle n'avait
alors aucune autre préoccupation que de ren-
seigner exactement son mari; elle écoutait, avant
de monter en voiture, les derniers conseils de
Duros touchant les réponses que devait faire
M. Desqueyroux lorsqu'il serait de nouveau interrogé — aucune angoisse chez Thérèse, en ce
temps-là, aucune gêne à l'idée de se retrouver
face à face avec cet homme malade : il s'agissait
alors entre eux non de ce qui s'était passé réellement, mais de ce qu'il importait de dire ou
de ne pas dire. Jamais les deux époux ne furent
mieux unis que par cette défense; unis dans une
seule chair — la chair de leur petite fille Marie.
Ils recomposaient, à l'usage du juge, une histoire
simple, fortement liée et qui pût satisfaire ce
logicien. Thérèse, à cette époque, montait dans
la même calèche qui l'attend, ce soir — mais
avec quelle impatience d'achever ce voyage nocturne dont elle souhaite à présent de ne pas voir
la fin! Elle se souvient qu'à peine en voiture, elle
eût voulu être déjà dans cette chambre d'Argelouse, et se remémorait les renseignements qu'attendait Bernard Desqueyroux (qu'il ne craigne
pas d'affirmer qu'elle lui avait parlé un soir de

cette ordonnance dont un homme inconnu
l'avait suppliée de se charger, sous prétexte qu'il
n'osait plus paraître chez le pharmacien à qui
il devait de l'argent... Mais Duros n'était pas
d'avis que Bernard allât jusqu'à prétendre qu'il
se souvenait d'avoir reproché à sa femme une
telle imprudence...)

Le cauchemar dissipé, de quoi parleront-ils ce
soir, Bernard et Thérèse? Elle voit en esprit la
maison perdue où il l'attend; elle imagine le lit
au centre de cette chambre carrelée, la lampe
basse sur la table parmi des journaux et des
fioles... Les chiens de garde que la voiture a ré-
veillés aboient encore puis se taisent; et de
nouveau régnera ce silence solennel, comme durant les nuits où elle contemplait Bernard en
proie à d'atroces vomissements. Thérèse s'efforce
d'imaginer le premier regard qu'ils échangeront
tout à l'heure; puis cette nuit, et le lendemain,
le jour qui suivra, les semaines, dans cette maison d'Argelouse où ils n'auront plus à cons-
truire ensemble une version avouable du drame
qu'ils ont vécu. Rien ne sera plus entre eux que
ce qui fut réellement... ce qui fut réellement...
Prise de panique, Thérèse balbutie, tournée vers
l'avocat (mais c'est au vieux qu'elle s'adresse):

« Je compte demeurer quelques jours auprès de M. Desqueyroux. Puis, si le mieux s'accentue, je reviendrai chez mon père.

— Ah! ça, non, non, non, ma petite! »

Et comme Gardère sur son siège s'agitait, M. Larroque reprit à voix plus basse :

« Tu deviens tout à fait folle? Quitter ton mari en ce moment? Il faut que vous soyez comme les deux doigts de la main... comme les deux doigts de la main, entends-tu? jusqu'à la mort...

— Tu as raison, père; où avais-je la tête? Alors c'est toi qui viendras à Argelouse?

— Mais, Thérèse, je vous attendrai chez moi les jeudis de foire, comme d'habitude. Vous viendrez comme vous êtes toujours venus! »

C'était incroyable qu'elle ne comprît pas que la moindre dérogation aux usages serait leur mort. C'était bien entendu? Il pouvait compter sur Thérèse? Elle avait causé à la famille assez de mal...

« Tu feras tout ce que ton mari te dira de faire. Je ne peux pas mieux dire. »

Et il la poussa dans la voiture.

Thérèse vit se tendre vers elle la main de l'avocat, ses durs ongles noirs : « Tout est bien qui finit bien », dit-il; et c'était du fond du cœur; si l'affaire avait suivi son cours, il n'en aurait guère eu le bénéfice; la famille eût fait appel à maître Peyrecave, du barreau bordelais. Oui, tout était bien...

II

CETTE odeur de cuir moisi des anciennes voitures, Thérèse l'aime... Elle se console d'avoir
oublié ses cigarettes, détestant de fumer dans le
noir. Les lanternes éclairent les talus, une frange
de fougères, la base des pins géants. Les piles
de cailloux détruisent l'ombre de l'équipage.
Parfois passe une charrette et les mules d'elles-
mêmes prennent la droite sans que bouge le
muletier endormi. Il semble à Thérèse qu'elle
n'atteindra jamais Argelouse; elle espère ne l'atteindre jamais; plus d'une heure de voiture jusqu'à la gare de Nizan; puis ce petit train qui
s'arrête indéfiniment à chaque gare. De Saint-
Clair même où elle descendra jusqu'à Argelouse,
dix kilomètres à parcourir en carriole (telle est
la route qu'aucune auto n'oserait s'y engager la
nuit). Le destin, à toutes les étapes, peut encore

surgir, la délivrer; Thérèse cède à cette imagination qui l'eût possédée, la veille du jugement, si l'inculpation avait été maintenue :
l'attente du tremblement de terre. Elle enlève
son chapeau, appuie contre le cuir odorant sa
petite tête blême et ballottée, livre son corps aux
cahots. Elle avait vécu, jusqu'à ce soir, d'être
traquée; maintenant que la voilà sauve, elle mesure son épuisement. Joues creuses, pommettes,
lèvres aspirées, et ce large front, magnifique,
composent une figure de condamnée — oui, bien
que les hommes ne l'aient pas reconnue coupable —, condamnée à la solitude éternelle. Son
charme, que le monde naguère disait irrésis-
tible, tous ces êtres le possèdent dont le visage
trahirait un tourment secret, l'élancement d'une
plaie intérieure, s'ils ne s'épuisaient à donner le
change. Au fond de cette calèche cahotante, sur
cette route frayée dans l'épaisseur obscure des
pins, une jeune femme démasquée caresse doucement avec la main droite sa face de brûlée
vive. Quelles seront les premières paroles de
Bernard dont le faux témoignage l'a sauvée?
Sans doute ne posera-t-il aucune question, ce
soir... mais demain? Thérèse ferme les yeux, les
rouvre et, comme les chevaux vont au pas, s'ef-

force de reconnaître cette montée. Ah! ne rien
prévoir. Ce sera peut-être plus simple qu'elle
n'imagine. Ne rien prévoir. Dormir... Pourquoi
n'est-elle plus dans la calèche? Cet homme derrière un tapis vert : le juge d'instruction...
encore lui... Il sait bien pourtant que l'affaire
est arrangée. Sa tête remue de gauche à droite :
l'ordonnance de non-lieu ne peut être rendue,
il y a un fait nouveau. Un fait nouveau? Thérèse se détourne pour que l'ennemi ne voie pas
sa figure décomposée. « Rappelez vos souvenirs,
madame. Dans la poche intérieure de cette
vieille pèlerine — celle dont vous n'usez plus
qu'en octobre, pour la chasse à la palombe,
n'avez-vous rien oublié, rien dissimulé? » Impossible de protester; elle étouffe. Sans perdre son
gibier des yeux, le juge dépose sur la table un
paquet minuscule, cacheté de rouge. Thérèse
pourrait réciter la formule inscrite sur l'enveloppe et que l'homme déchiffre d'une voix cou-
pante :

Chloroforme : 30 grammes.
Aconitine : granules n° 20.
Digitaline sol. : 20 grammes.

Le juge éclate de rire... Le frein grince contre la roue. Thérèse s'éveille; sa poitrine dilatée s'emplit de brouillard (ce doit être la descente du ruisseau blanc). Ainsi rêvait-elle, adolescente, qu'une erreur l'obligeait à subir de nouveau les épreuves du Brevet simple. Elle goûte, ce soir, la même allégeance qu'à ses réveils d'alors : à peine un peu de trouble parce que le non-lieu n'était pas encore officiel : « Mais tu sais bien qu'il doit être d'abord notifié à l'avocat... »

Libre... que souhaiter de plus? Ce ne lui serait qu'un jeu de rendre possible sa vie auprès de Bernard. Se livrer à lui jusqu'au fond, ne rien laisser dans l'ombre : voilà le salut. Que tout ce qui était caché apparaisse dans la lumière, et dès ce soir. Cette résolution comble Thérèse de joie. Avant d'atteindre Argelouse, elle aura le temps de · « préparer sa confession », selon le mot que sa dévote amie Anne de la Trave répétait chaque samedi de leurs vacances heureuses. Petite sœur Anne, chère innocente, quelle place vous occupez dans cette histoire! Les êtres les plus purs ignorent à quoi ils sont mêlés chaque jour, chaque nuit, et ce qui germe d'empoisonné sous leurs pas d'enfants.

Certes elle avait raison, cette petite fille, lorsqu'elle répétait à Thérèse, lycéenne raisonneuse
et moqueuse : « Tu ne peux imaginer cette délivrance après l'aveu, après le pardon — lorsque,
la place nette, on peut recommencer sa vie sur
nouveaux frais. » Il suffisait à Thérèse d'avoir
résolu de tout dire pour déjà connaître, en effet,
une sorte de desserrement délicieux : « Bernard
saura tout; je lui dirai... »

Que lui dirait-elle? Par quel aveu commencer?
Des paroles suffisent-elles à contenir cet enchaî-
nement confus de désirs, de résolutions, d'actes
imprévisibles? Comment font-ils, tous ceux qui
connaissent leurs crimes?... « Moi, je ne connais
pas mes crimes. Je n'ai pas voulu celui dont on
me charge. Je ne sais pas ce que j'ai voulu. Je
n'ai jamais su vers quoi tendait cette puissance
forcenée en moi et hors de moi : ce qu'elle dé-
truisait sur sa route, j'en étais moi-même ter-
rifiée... »

Une fumeuse lampe à pétrole éclairait le mur
crépi de la gare de Nizan et une carriole arrêtée.
(Que les ténèbres se reforment vite à l'entour!)
D'un train garé venaient des mugissements, des
bêlements tristes. Gardère prit le sac de Thérèse, et de nouveau il la dévorait des yeux. Sa

femme avait dû lui recommander : « Tu regar-
deras bien comment elle est, quelle tête elle
fait... » Pour le cocher de M. Larroque, Thérèse
d'instinct retrouvait ce sourire qui faisait dire
aux gens : « On ne se demande pas si elle est
jolie ou laide, on subit son charme... » Elle le
pria d'aller prendre sa place au guichet, car
elle craignait de traverser la salle d'attente où
deux métayères assises, un panier sur les genoux
et branlant la tête, tricotaient.

Quand il rapporta le billet, elle lui dit de
garder la monnaie. Il toucha de la main sa cas-
quette puis, les rênes rassemblées, se retourna
une dernière fois pour dévisager la fille de son
maître.

Le train n'était pas formé encore. Naguère, à
l'époque des grandes vacances ou de la rentrée
des classes, Thérèse Larroque et Anne de la
Trave se faisaient une joie de cette halte à la
gare du Nizan. Elles mangeaient à l'auberge un
œuf frit sur du jambon puis allaient, se tenant
par la taille, sur cette route si ténébreuse ce soir;
mais Thérèse ne la voit, en ces années finies,
que blanche de lune. Alors elles riaient de leurs
longues ombres confondues. Sans doute par-
laient-elles de leurs maîtresses, de leurs com-

pagnes — l'une défendant son couvent, l'autre
son lycée. « Anne... » Thérèse prononce son nom
à haute voix dans le noir. C'était d'elle qu'il
faudrait d'abord entretenir Bernard... Le plus
précis des hommes, ce Bernard : il classe tous
les sentiments, les isole, ignore entre eux ce lacis
de défilés, de passages. Comment l'introduire
dans ces régions indéterminées où Thérèse a
vécu, a souffert? Il le faut pourtant. Aucun autre
geste possible, tout à l'heure, en pénétrant dans
la chambre, que de s'asseoir au bord du lit et
d'entraîner Bernard d'étape en étape jusqu'au
point où il arrêtera Thérèse : « Je comprends
maintenant; lève-toi; sois pardonnée. »

Elle traversa à tâtons le jardin du chef de
gare, sentit des chrysanthèmes sans les voir. Personne dans le compartiment de première, où
d'ailleurs le lumignon n'eût pas suffi à éclairer
son visage. Impossible de lire : mais quel récit
n'eût paru fade à Thérèse, au prix de sa vie terrible? Peut-être mourrait-elle de honte, d'angoisse, de remords, de fatigue — mais elle ne
mourrait pas d'ennui.

Elle se rencogna, ferma les yeux. Etait-il vrai-
semblable qu'une femme de son intelligence
n'arrivât pas à rendre ce drame intelligible?

Oui, sa confession finie, Bernard la relèverait :
« Va en paix, Thérèse, ne t'inquiète plus. Dans
cette maison d'Argelouse, nous attendrons ensemble la mort, sans que nous puissent jamais
séparer les choses accomplies. J'ai soif. Descends
toi-même à la cuisine. Prépare un verre d'oran-
geade. Je le boirai d'un trait, même s'il est
trouble. Qu'importe que le goût me rappelle
celui qu'avait autrefois mon chocolat du matin?
Tu te souviens, ma bien-aimée, de ces vomissements? Ta chère main soutenait ma tête; tu ne
détournais pas les yeux de ce liquide verdâtre;
mes syncopes ne t'effrayaient pas. Pourtant,
comme tu devins pâle cette nuit où je m'aperçus que mes jambes étaient inertes, insensibles.
Je grelottais, tu te souviens? Et cet imbécile de
docteur Pédemay stupéfait que ma température
fût si basse et mon pouls si agité... »

   « Ah! songe Thérèse, il n'aura pas compris.
Il faudra tout reprendre depuis le commencement... » Où est le commencement de nos actes?
Notre destin, quand nous voulons l'isoler, ressemble à ces plantes qu'il est impossible d'arracher avec toutes leurs racines. Thérèse remon-
tera-t-elle jusqu'à son enfance? Mais l'enfance est
elle-même une fin, un aboutissement.

L'enfance de Thérèse : de la neige à la source du fleuve le plus sali. Au lycée, elle avait paru vivre indifférente et comme absente des menues tragédies qui déchiraient ses compagnes. Les maîtresses souvent leur proposaient l'exemple de Thérèse Larroque : « Thérèse ne demande point d'autre récompense que cette joie de réaliser en elle un type d'humanité supérieure. Sa conscience est son unique et suffisante lumière. L'orgueil d'appartenir à l'élite humaine la soutient mieux que ne ferait la crainte du châtiment... » Ainsi s'exprimait une de ses maîtresses. Thérèse s'interroge : « Etais-je si heureuse? Etais-je si candide? Tout ce qui précède mon mariage prend dans mon souvenir cet aspect de pureté; contraste, sans doute, avec cette ineffaçable salissure des noces. Le lycée, au-delà de mon temps d'épouse et de mère, m'apparaît comme un paradis. Alors je n'en avais pas conscience. Comment aurais-je pu savoir que dans ces années d'avant la vie je vivais ma vraie vie? Pure, je l'étais : un ange, oui! Mais un ange plein de passions. Quoi que prétendissent mes maîtresses, je souffrais, je faisais souffrir. Je jouissais du mal que je causais et de celui qui me venait de mes amies; pure souffrance qu'aucun remords n'altérait : douleurs et joies naissaient des plus innocents plaisirs. »

La récompense de Thérèse, ç'était, à la saison brûlante, de ne pas se juger indigne d'Anne qu'elle rejoignait sous les chênes d'Argelouse. Il fallait qu'elle pût dire à l'enfant élevée au Sacré-Cœur : « Pour être aussi pure que tu l'es, je n'ai pas besoin de tous ces rubans ni de toutes ces rengaines... » Encore la pureté d'Anne de la Trave était-elle faite surtout d'ignorance. Les dames du Sacré-Cœur interposaient mille voiles entre le réel et leurs petites filles. Thérèse les méprisait de confondre vertu et ignorance : « Toi, chérie, tu ne connais pas la vie... », répétait-elle en ces lointains étés d'Argelouse. Ces beaux étés... Thérèse, dans le petit train qui démarre enfin, s'avoue que c'est vers eux qu'il faut que sa pensée remonte, si elle veut voir clair. Incroyable vérité que dans ces aubes toutes pures de nos vies, les pires orages étaient déjà suspendus. Matinées trop bleues : mauvais signe pour le temps de l'après-midi et du soir. Elles annoncent les parterres saccagés, les branches rompues et toute cette boue. Thérèse n'a pas réfléchi, n'a rien prémédité à aucun moment de sa

vie; nul tournant brusque : elle a descendu une
pente insensible, lentement d'abord puis plus
vite. La femme perdue de ce soir, c'est bien le
jeune être radieux qu'elle fut durant les étés
de cet Argelouse où voici qu'elle retourne fur-
tive et protégée par la nuit.

Quelle fatigue! A quoi bon découvrir les res-
sorts secrets de ce qui est accompli? La jeune
femme, à travers les vitres, ne distingue rien hors
le reflet de sa figure morte. Le rythme du petit
train se rompt; la locomotive siffle longuement,
approche avec prudence d'une gare. Un falot
balancé par un bras, des appels en patois, les cris
aigus des porcelets débarqués : Uzeste déjà. Une
station encore, et ce sera Saint-Clair d'où il faudra accomplir en carriole la dernière étape vers
Argelouse. Qu'il reste peu de temps à Thérèse
pour préparer sa défense!

III

ARGELOUSE est réellement une extrémité de la terre; un de ces lieux au-delà desquels il est impossible d'avancer, ce qu'on appelle ici un quartier : quelques métairies sans église, ni mairie, ni cimetière, disséminées autour d'un champ de seigle, à dix kilomètres du bourg de Saint-Clair, auquel les relie une seule route défoncée. Ce chemin plein d'ornières et de trous se mue, au-delà d'Argelouse, en sentiers sablonneux; et jusqu'à l'Océan il n'y a plus rien que quatre-vingts kilomètres de marécages, de lagunes, de pins grêles, de landes où à la fin de l'hiver les brebis ont la couleur de la cendre. Les meilleures familles de Saint-Clair sont issues de ce quartier perdu. Vers le milieu du dernier siècle, alors que la résine et le bois commencèrent d'ajouter aux maigres ressources qu'ils tiraient de leurs troupeaux, les grands-pères de ceux qui vivent aujourd'hui s'établirent à Saint-Clair, et leurs logis d'Argelouse devinrent des métairies. Les poutres sculptées de l'auvent, parfois une cheminée en marbre témoignent de leur ancienne dignité. Elles se tassent un peu plus chaque année et la grande aile fatiguée d'un de leurs toits touche presque la terre.

Deux de ces vieilles demeures pourtant sont encore des maisons de maîtres. Les Larroque et les Desqueyroux ont laissé leurs logis d'Argelouse tels qu'ils les reçurent des ascendants. Jérôme Larroque, maire et conseiller général de B. et qui avait aux portes de cette sous-préfecture sa résidence principale, ne voulut jamais rien changer à ce domaine d'Argelouse qui lui venait de sa femme (morte en couches alors que Thérèse était encore au berceau) et où il ne s'étonnait pas que la jeune fille eût le goût de passer les vacances. Elle s'y installait dès juillet, sous la garde d'une sœur aînée de son père, tante Clara, vieille fille sourde qui aimait aussi cette solitude parce qu'elle n'y voyait pas, disait-elle, les lèvres des autres remuer et qu'elle savait qu'on n'y pouvait rien entendre que le vent dans les pins. M. Larroque se félicitait de ce qu'Argelouse, qui le débarrassait de sa fille, la rapprochait de ce Bernard Desqueyroux qu'elle devait épouser, un jour, selon le vœu des deux familles, et bien que leur accord n'eût pas un caractère officiel.

Bernard Desqueyroux avait hérité de son père, à Argelouse, une maison voisine de celle des Larroque; on ne l'y voyait jamais avant l'ouverture de la chasse et il n'y couchait qu'en octobre, ayant installé non loin sa palombière. L'hiver, ce garçon raisonnable suivait à Paris des cours de droit; l'été, il ne donnait que peu de jours à sa famille : Victor de la Trave l'exaspérait, que sa mère, veuve, avait épousé « sans le sou » et dont les grandes dépenses étaient la fable de Saint-Clair. Sa demi-sœur Anne lui paraissait trop jeune alors pour qu'il pût lui accorder quelque attention. Songeait-il beaucoup plus à Thérèse? Tout le pays les mariait parce que leurs propriétés semblaient faites pour se confondre et le sage garçon était, sur ce point, d'accord avec tout le pays. Mais il ne laissait rien au hasard et mettait son orgueil dans la bonne organisation de la vie : « On n'est jamais malheureux que par sa faute... », répétait ce jeune homme un peu trop gras. Jusqu'à son mariage,

il fit une part égale au travail et au plaisir, s'il
ne dédaignait ni la nourriture, ni l'alcool, ni
surtout la chasse, il travaillait d' « arrache-pied »,
selon l'expression de sa mère. Car un mari doit
être plus instruit que sa femme; et déjà l'intelligence de Thérèse était fameuse; un esprit fort,
sans doute... mais Bernard savait à quelles raisons cède une femme; et puis, ce n'était pas mauvais, lui répétait sa mère : « d'avoir un pied
dans les deux camps »; le père Larroque pourrait le servir. A vingt-six ans, Bernard Desqueyroux, après quelques voyages « fortement po-
tassés d'avance » en Italie, en Espagne, aux Pays-
Bas, épouserait la fille la plus riche et la plus
intelligente de la lande, peut-être pas la plus
jolie, « mais on ne se demande pas si elle est
jolie ou laide, on subit son charme ».

Thérèse sourit à cette caricature de Bernard
qu'elle dessine en esprit : « Au vrai, il était plus
fin que la plupart des garçons que j'eusse pu
épouser. » Les femmes de la lande sont très
supérieures aux hommes qui, dès le collège,
vivent entre eux et ne s'affinent guère; la lande
a gardé leur cœur; ils continuent d'y demeurer
en esprit; rien n'existe pour eux que les plaisirs
qu'elle leur dispense; ce serait la trahir, la

quitter un peu plus que de perdre la ressem-
blance avec leurs métayers, de renoncer au patois, aux manières frustes et sauvages. Sous la
dure écorce de Bernard n'y avait-il une espèce
de bonté? Lorsqu'il était tout près de mourir,
les métayers disaient : « Après lui, il n'y aura
plus de monsieur, ici. » Oui, de la bonté, et
aussi une justesse d'esprit, une grande bonne foi;
il ne parle guère de ce qu'il ne connaît pas; il
accepte ses limites. Adolescent, il n'était point
si laid, cet Hippolyte mal léché — moins cu-
rieux des jeunes filles que du lièvre qu'il forçait dans la lande...

Pourtant ce n'est pas lui que Thérèse, les paupières baissées, la tête contre la vitre du wagon,
voit surgir à bicyclette en ces matinées d'autrefois, sur la route de Saint-Clair à Argelouse, vers
neuf heures, avant que la chaleur soit à son
comble; non pas le fiancé indifférent, mais sa
petite sœur Anne, le visage en feu — et déjà
les cigales s'allumaient de pin en pin et sous
le ciel commençait à ronfler la fournaise de la
lande. Des millions de mouches s'élevaient des
hautes brandes : « Remets ton manteau pour
entrer au salon; c'est une glacière... » Et la

tante Clara ajoutait : « Ma petite, vous aurez à
boire quand vous ne serez plus en nage... »
Anne criait à la sourde d'inutiles paroles de
bienvenue : « Ne t'égosille pas, chérie, elle
comprend tout au mouvement des lèvres... »
Mais la jeune fille articulait en vain chaque
mot et déformait sa bouche minuscule : la tante
répondait au hasard jusqu'à ce que les amies
fussent obligées de fuir pour rire à l'aise.

Du fond d'un compartiment obscur, Thérèse
regarde ces jours purs de sa vie — purs mais
éclairés d'un frêle bonheur imprécis; et cette
trouble lueur de joie, elle ne savait pas alors
que ce devait être son unique part en ce monde.
Rien ne l'avertissait que tout son lot tenait dans
un salon ténébreux, au centre de l'été implacable — sur ce canapé de reps rouge, auprès
d'Anne dont les genoux rapprochés soutenaient
un album de photographies. D'où lui venait ce
bonheur? Anne avait-elle un seul des goûts de
Thérèse? Elle haïssait la lecture, n'aimait que
coudre, jacasser et rire. Aucune idée sur rien,
tandis que Thérèse dévorait du même appétit
les romans de Paul de Kock, les *Causeries du
lundi,* l'*Histoire du Consulat,* tout ce qui traîne
dans les placards d'une maison de campagne.

Aucun goût commun, hors celui d'être ensemble durant ces après-midi où le feu du ciel assiège les hommes barricadés dans une demi-ténèbre. Et Anne parfois se levait pour voir si la chaleur était tombée. Mais, les volets à peine entrouverts, la lumière pareille à une gorgée de métal en fusion, soudain jaillie, semblait brûler la natte, et il fallait, de nouveau, tout clore et se tapir.

Même au crépuscule, et lorsque déjà le soleil ne rougissait plus que le bas des pins et que s'acharnait, tout près du sol, une dernière cigale, la chaleur demeurait stagnante sous les chênes. Comme elles se fussent assises au bord d'un lac, les amies s'étendaient à l'orée du champ. Des nuées orageuses leur proposaient de glissantes images; mais avant que Thérèse ait eu le temps de distinguer la femme ailée qu'Anne voyait dans le ciel, ce n'était déjà plus, disait la jeune fille, qu'une étrange bête étendue.

En septembre, elles pouvaient sortir après la collation et pénétrer dans le pays de la soif : pas le moindre filet d'eau à Argelouse; il faut marcher longtemps dans le sable avant d'atteindre les sources du ruisseau appelé la Hure. Elles crèvent, nombreuses, un bas-fond

d'étroites prairies entre les racines des aulnes.
Les pieds nus des jeunes filles devenaient insensibles dans l'eau glaciale, puis, à peine secs,
étaient de nouveau brûlants. Une de ces cabanes,
qui servent en octobre aux chasseurs de palombes, les accueillait comme naguère le salon
obscur. Rien à se dire; aucune parole : les
minutes fuyaient de ces longues haltes inno-
centes sans que les jeunes filles songeassent plus
à bouger que ne bouge le chasseur lorsqu'à
l'approche d'un vol, il fait le signe du silence.
Ainsi leur semblait-il qu'un seul geste aurait
fait fuir leur informe et chaste bonheur. Anne,
la première, s'étirait — impatiente de tuer des
alouettes au crépuscule; Thérèse, qui haïssait ce
jeu, la suivait pourtant, insatiable de sa présence. Anne décrochait dans le vestibule le
calibre 24 qui ne repousse pas. Son amie, demeurée sur le talus, la voyait au milieu du seigle
viser le soleil comme pour l'éteindre. Thérèse
se bouchait les oreilles; un cri ivre s'interrompait dans le bleu, et la chasseresse ramassait
l'oiseau blessé, le serrait d'une main précaution-
neuse et, tout en caressant de ses lèvres les
plumes chaudes, l'étouffait.

« Tu viendras demain?

— Oh! non; pas tous les jours. »

Elle ne souhaitait pas de la voir tous les jours; parole raisonnable à laquelle il ne fallait rien opposer; toute protestation eût paru, à Thérèse même, incompréhensible. Anne préférait ne pas revenir; rien ne l'en eût empêchée sans doute; mais pourquoi se voir tous les jours? Elles finiraient, disait-elle, par se prendre en grippe. Thérèse répondait : « Oui... oui.. surtout ne t'en fais pas une obligation : reviens quand le cœur t'en dira... quand tu n'auras rien de mieux. » L'adolescente à bicyclette disparaissait sur la route déjà sombre en faisant sonner son grelot.

Thérèse revenait vers la maison; les métayers la saluaient de loin; les enfants ne l'approchaient pas. C'était l'heure où des brebis s'épandaient sous les chênes et soudain elles couraient toutes ensemble, et le berger criait. Sa tante la guettait sur le seuil et, comme font les sourdes, parlait sans arrêt pour que Thérèse ne lui parlât pas. Qu'était-ce donc que cette angoisse? Elle n'avait pas envie de lire; elle n'avait envie de rien; elle errait de nouveau : « Ne t'éloigne pas : on va servir. » Elle revenait au bord de la route — vide aussi loin que pouvait aller son regard.

La cloche tintait au seuil de la cuisine. Peut-
être faudrait-il, ce soir, allumer la lampe. Le
silence n'était pas plus profond pour la sourde
immobile et les mains croisées sur la nappe,
que pour cette jeune fille un peu hagarde.

Bernard, Bernard, comment t'introduire dans
ce monde confus, toi qui appartiens à la race
aveugle, à la race implacable des simples? « Mais,
songe Thérèse, dès les premiers mots il m'inter-
rompra : « Pourquoi m'avez-vous épousé? je ne
« courais pas après vous... » Pourquoi l'avait-
elle épousé? C'était vrai qu'il n'avait montré
aucune hâte. Thérèse se souvient que la mère
de Bernard, Mme Victor de la Trave, répétait
à tout venant : « Il aurait bien attendu, mais
elle l'a voulu, elle l'a voulu, elle l'a voulu. Elle
n'a pas nos principes, malheureusement; par
exemple, elle fume comme un sapeur : un genre
qu'elle se donne; mais c'est une nature très
droite, franche comme l'or. Nous aurons vite
fait de la ramener aux idées saines. Certes, tout
ne nous sourit pas dans ce mariage. Oui... la
grand-mère Bellade... je sais bien... mais c'est
oublié, n'est-ce pas? On peut à peine dire qu'il
y ait eu scandale, tellement ça a été bien étouffé.

Vous croyez à l'hérédité, vous? Le père pense
mal, c'est entendu; mais il ne lui a donné que de
bons exemples : c'est un saint laïque. Et il a
le bras long. On a besoin de tout le monde.
Enfin, il faut bien passer sur quelque chose.
Et puis, vous me croirez si vous voulez : elle
est plus riche que nous. C'est incroyable, mais
c'est comme ça. Et en adoration devant Bernard, ce qui ne gâte rien. »

Oui, elle avait été en adoration devant lui :
aucune attitude qui demandât moins d'effort.
Dans le salon d'Argelouse ou sous les chênes
au bord du champ, elle n'avait qu'à lever vers
lui ses yeux que c'était sa science d'emplir de
candeur amoureuse. Une telle proie à ses pieds
flattait le garçon mais ne l'étonnait pas. « Ne
joue pas avec elle, lui répétait sa mère, elle se
ronge. »

« Je l'ai épousé parce que... » Thérèse, les
sourcils froncés, une main sur ses yeux, cherche
à se souvenir. Il y avait cette joie puérile de
devenir, par ce mariage, la belle-sœur d'Anne.
Mais c'était Anne surtout qui en éprouvait de
l'amusement; pour Thérèse, ce lien ne comptait
guère. Au vrai, pourquoi en rougir? Les deux

mille hectares de Bernard ne l'avaient pas laissée
indifférente. « Elle avait toujours eu la propriété dans le sang. » Lorsque après les longs
repas, sur la table desservie on apporte l'alcool,
Thérèse était restée souvent avec les hommes,
retenue par leurs propos touchant les métayers,
les poteaux de mine, la gemme, la térébenthine.
Les évaluations de propriétés la passionnaient.
Nul doute que cette domination sur une grande
étendue de forêt l'ait séduite : « Lui aussi,
d'ailleurs, était amoureux de mes pins... » Mais
Thérèse avait obéi peut-être à un sentiment
plus obscur qu'elle s'efforce de mettre à jour :
peut-être cherchait-elle moins dans le mariage
une domination, une possession, qu'un refuge.
Ce qui l'y avait précipitée, n'était-ce pas une
panique? Petite fille pratique, enfant ménagère,
elle avait hâte d'avoir pris son rang, trouvé sa
place définitive; elle voulait être rassurée contre
elle ne savait quel péril. Jamais elle ne parut si
raisonnable qu'à l'époque de ses fiançailles : elle
s'incrustait dans un bloc familial, « elle se
casait »; elle entrait dans un ordre. Elle se
sauvait.

Ils suivaient, en ce printemps de leurs fiançailles,

ce chemin de sable qui va d'Argelouse à Vilméja.
Les feuilles mortes des chênes salissaient encore
l'azur; les fougères sèches jonchaient le sol que
perçaient les nouvelles crosses, d'un vert acide.
Bernard disait : « Faites attention à votre cigarette; ça peut brûler encore; il n'y a plus d'eau
dans la lande. » Elle avait demandé : « Est-ce
vrai que les fougères contiennent de l'acide
prussique? » Bernard ne savait pas si elles en
contenaient assez pour qu'on pût s'empoisonner.
Il l'avait interrogée tendrement : « Vous avez
envie de mourir? » Elle avait ri. Il avait émis
le vœu qu'elle devînt plus simple. Thérèse se
souvient qu'elle avait fermé les yeux, tandis que
deux grandes mains enserraient sa petite tête,
et qu'une voix disait contre son oreille : « Il y
a là encore quelques idées fausses. » Elle avait
répondu : « A vous de les détruire, Bernard. »
Ils avaient observé le travail des maçons qui
ajoutaient une chambre à la métairie de Vilméja. Les propriétaires, des Bordelais, y vou-
laient installer leur dernier fils « qui s'en allait
de la poitrine ». Sa sœur était morte du même
mal. Bernard éprouvait beaucoup de dédain
pour ces Azévédo : « Ils jurent leurs grands
dieux qu'ils ne sont pas d'origine juive... mais

on n'a qu'à les voir. Et avec ça, tuberculeux;
toutes les maladies... » Thérèse était calme. Anne
reviendrait du couvent de Saint-Sébastien pour
le mariage. Elle devait quêter avec le fils Deguilhem. Elle avait demandé à Thérèse de lui
décrire « par retour du courrier » les robes des
autres demoiselles d'honneur : « Ne pourrait-
elle en avoir des échantillons? C'était leur intérêt à toutes de choisir des tons qui fussent
accordés... » Jamais Thérèse ne connut une telle
paix — ce qu'elle croyait être la paix et qui
n'était que le demi-sommeil, l'engourdissement
de ce reptile dans son sein.

IV

Le jour étouffant des noces, dans l'étroite église
de Saint-Clair où le caquetage des dames cou-
vrait l'harmonium à bout de souffle et où leurs
odeurs triomphaient de l'encens, ce fut ce jour-là
que Thérèse se sentit perdue. Elle était entrée
somnambule dans la cage et, au fracas de la
lourde porte refermée, soudain la misérable
enfant se réveillait. Rien de changé, mais elle
avait le sentiment de ne plus pouvoir désormais
se perdre seule. Au plus épais d'une famille,
elle allait couver, pareille à un feu sournois qui
rampe sous la brande, embrase un pin, puis
l'autre, puis de proche en proche crée une
forêt de torches. Aucun visage sur qui reposer
ses yeux, dans cette foule, hors celui d'Anne;
mais la joie enfantine de la jeune fille l'isolait

de Thérèse : sa joie! Comme si elle eût ignoré
qu'elles allaient être séparées le soir même, et
non seulement dans l'espace; à cause aussi de
ce que Thérèse était au moment de souffrir —
de ce que son corps innocent allait subir d'irré-
médiable. Anne demeurait sur la rive où attendent les êtres intacts; Thérèse allait se confondre
avec le troupeau de celles qui ont servi. Elle se
rappelle qu'à la sacristie, comme elle se penchait pour baiser ce petit visage hilare levé vers
le sien, elle perçut soudain ce néant autour de
quoi elle avait créé un univers de douleurs
vagues et de vagues joies; elle découvrit, l'espace
de quelques secondes, une disproportion infinie
entre ces forces obscures de son cœur et la gen-
tille figure barbouillée de poudre.

  Longtemps après ce jour, à Saint-Clair et à
B., les gens ne s'entretinrent jamais de ces noces
de Gamache (où plus de cent métayers et domestiques avaient mangé et bu sous les chênes)
sans rappeler que l'épouse, « qui sans doute
n'est pas régulièrement jolie mais qui est le
charme même », parut à tous, ce jour-là, laide
et même affreuse : « Elle ne se ressemblait pas,
c'était une autre personne... » Les gens virent
seulement qu'elle était différente de son appa-

rence habituelle; ils incriminèrent la toilette blanche, la chaleur; ils ne reconnurent pas son vrai visage.

Au soir de cette noce mi-paysanne, mi-bourgeoise, des groupes où éclataient les robes des filles obligèrent l'auto des époux à ralentir, et on les acclamait. Ils dépassèrent, sur la route jonchée de fleurs d'acacia, des carrioles zigzagantes, conduites par des drôles qui avaient bu. Thérèse, songeant à la nuit qui vint ensuite, murmure : « Ce fut horrible... » puis se reprend : « Mais non... pas si horrible... » Durant ce voyage aux lacs italiens, a-t-elle beaucoup souffert? Non, non; elle jouait à ce jeu : ne pas se trahir. Un fiancé se dupe aisément; mais un mari! N'importe qui sait proférer des paroles menteuses; les mensonges du corps exigent une autre science. Mimer le désir, la joie, la fatigue bienheureuse, cela n'est pas donné à tous. Thérèse sut plier son corps à ces feintes et elle y goûtait un plaisir amer. Ce monde inconnu de sensations où un homme la forçait de pénétrer, son imagination l'aidait à concevoir qu'il y aurait eu là, pour elle aussi peut-être, un bonheur possible — mais quel bonheur? Comme devant un paysage enseveli sous la pluie, nous nous repré-

sentons ce qu'il eût été dans le soleil, ainsi
Thérèse découvrait la volupté.

Bernard, ce garçon au regard désert, toujours
inquiet de ce que les numéros des tableaux ne
correspondaient pas à ceux du Bædeker, satis-
fait d'avoir vu dans le moins de temps possible
ce qui était à voir, quelle facile dupe! Il était
enfermé dans son plaisir comme ces jeunes porcs
charmants qu'il est drôle de regarder à travers
la grille, lorsqu'ils reniflent de bonheur dans
une auge (« c'était moi, l'auge », songe Thérèse).
Il avait leur air pressé, affairé, sérieux; il était
méthodique. « Vous croyez vraiment que cela
est sage? » risquait parfois Thérèse, stupéfaite.
Il riait, la rassurait. Où avait-il appris à classer
tout ce qui touche à la chair — à distinguer les
caresses de l'honnête homme de celles du
sadique? Jamais une hésitation. Un soir, à Paris
où, sur le chemin du retour, ils s'arrêtèrent,
Bernard quitta ostensiblement un music-hall
dont le spectacle l'avait choqué : « Dire que les
étrangers voient ça! Quelle honte! Et c'est là-
dessus qu'on nous juge... » Thérèse admirait que
cet homme pudique fût le même dont il lui
faudrait subir, dans moins d'une heure, les
patientes inventions de l'ombre.

« Pauvre Bernard — non pire qu'un autre! Mais le désir transforme l'être qui nous approche en un monstre qui ne lui ressemble pas. Rien ne nous sépare plus de notre complice que son délire : j'ai toujours vu Bernard s'enfoncer dans le plaisir — et moi, je faisais la morte, comme si ce fou, cet épileptique, au moindre geste eût risqué de m'étrangler. Le plus souvent, au bord de sa dernière joie, il découvrait soudain sa solitude; le morne acharnement s'interrompait. Bernard revenait sur ses pas et me retrouvait comme sur une plage où j'eusse été rejetée, les dents serrées, froide. »

Une seule lettre d'Anne : la petite n'aimait guère écrire — mais, par miracle, il n'en était pas une ligne qui ne plût à Thérèse : une lettre exprime bien moins nos sentiments réels que ceux qu'il faut que nous éprouvions pour qu'elle soit lue avec joie. Anne se plaignait de ne pouvoir aller du côté de Vilméja depuis l'arrivée du fils Azévédo; elle avait vu de loin sa chaise longue dans les fougères; les phtisiques lui faisaient horreur.

Thérèse relisait souvent ces pages et n'en attendait point d'autres. Aussi fut-elle, à l'heure

du courrier, fort surprise (le matin qui suivit
cette soirée interrompue au music-hall) de reconnaître sur trois enveloppes l'écriture d'Anne
de la Trave. Diverses « postes restantes » leur
avaient fait parvenir à Paris ce paquet de lettres,
car ils avaient brûlé plusieurs étapes : « pressés,
disait Bernard, de retrouver leur nid » — mais
au vrai parce qu'ils n'en pouvaient plus d'être
ensemble : lui périssait d'ennui loin de ses fusils,
de ses chiens, de l'auberge où le Picon grena-
dine a un goût qu'il n'a pas ailleurs; et puis
cette femme si froide, si moqueuse, qui ne
montre jamais son plaisir, qui n'aime pas causer
de ce qui est intéressant!... Pour Thérèse, elle
souhaitait de rentrer à Saint-Clair comme une
déportée qui s'ennuie dans un cachot provisoire
est curieuse de connaître l'île où doit se consu-
mer ce qui lui reste de vie. Thérèse avait déchif-
fré avec soin la date imprimée sur chacune des
trois enveloppes; et déjà elle ouvrait la plus
ancienne, lorsque Bernard poussa une exclama-
tion, cria quelques paroles dont elle ne comprit
pas le sens, car la fenêtre était ouverte et les
autobus changeaient de vitesse à ce carrefour.
Il s'était interrompu de se raser pour lire une
lettre de sa mère. Thérèse voit encore le gilet

de cellular, les bras nus musculeux; cette peau blême et soudain le rouge cru du cou et de la face. Déjà régnait, en ce matin de juillet, une chaleur sulfureuse; le soleil enfumé rendait plus sales, au-delà du balcon, les façades mortes. Il s'était rapproché de Thérèse; il criait : « Celle-là est trop forte! Eh bien! ton amie Anne, elle va fort. Qui aurait dit que ma petite sœur... »

Et comme Thérèse l'interrogeait du regard :
« Crois-tu qu'elle s'est amourachée du fils Azévédo? Oui, parfaitement : cette espèce de phtisique pour lequel ils avaient fait agrandir Vilméja... Mais si : ça a l'air très sérieux... Elle dit qu'elle tiendra jusqu'à sa majorité... Maman écrit qu'elle est complètement folle. Pourvu que les Deguilhem ne le sachent pas! Le petit Deguilhem serait capable de ne pas faire sa demande. Tu as des lettres d'elle? Enfin, nous allons savoir... Mais ouvre-les donc.

— Je veux les lire dans l'ordre. D'ailleurs, je ne saurais te les montrer. »

Il la reconnaissait bien là; elle compliquait toujours tout. Enfin l'essentiel était qu'elle ramenât la petite à la raison :

« Mes parents comptent sur toi : tu peux tout

sur elle... si... si!... Ils t'attendent comme leur salut. »

Pendant qu'elle s'habillait, il allait lancer un télégramme et retenir deux places dans le sud-express. Elle pouvait commencer à garnir le fond des malles :

« Qu'est-ce que tu attends pour lire les lettres de la petite?

— Que tu ne sois plus là. »

Longtemps après qu'il eut refermé la porte, Thérèse était demeurée étendue, fumant des cigarettes, les yeux sur les grandes lettres d'or noirci, fixées au balcon d'en face; puis elle avait déchiré la première enveloppe. Non, non; ce n'était pas cette chère petite idiote, ce ne pouvait être cette couventine à l'esprit court qui avait inventé ces paroles de feu. Ce ne pouvait être de ce cœur sec — car elle avait le cœur sec : Thérèse le savait peut-être! — qu'avait jailli ce cantique des cantiques, cette longue plainte heureuse d'une femme possédée, d'une chair presque morte de joie, dès la première atteinte :

... Lorsque je l'ai rencontré, je ne pouvais croire que ce fût lui : il jouait à courir avec le

chien en poussant des cris. Comment aurais-je pu imaginer que c'était ce grand malade... mais il n'est pas malade : on prend seulement des pré- cautions, à cause des malheurs qu'il y a eu dans sa famille. Il n'est pas même frêle — mince plu- tôt; et puis habitué à être gâté, dorloté... Tu ne me reconnaîtrais pas : c'est moi qui vais cher- cher sa pèlerine, dès que la chaleur tombe...

Si Bernard était rentré à cette minute dans la chambre, il se fût aperçu que cette femme assise sur le lit n'était pas sa femme, mais un être in- connu de lui, une créature étrangère et sans nom. Elle jeta sa cigarette, déchira une seconde enveloppe :

... J'attendrai le temps qu'il faudra; aucune ré- sistance ne me fait peur; mon amour ne le sent même pas. Ils me retiennent à Saint-Clair, mais Argelouse n'est pas si éloigné que Jean et moi ne puissions nous rejoindre. Tu te rappelles la palombière? C'est toi, ma chérie, qui as d'avance choisi les lieux où je devais connaître une joie telle... Oh! surtout ne va pas croire que nous fassions rien de mal. Il est si délicat! Tu n'as aucune idée d'un garçon de cette espèce. Il a

beaucoup étudié, beaucoup lu, comme toi : mais chez un jeune homme, ça ne m'agace pas, et je n'ai jamais songé à le taquiner. Que ne donnerais-je pour être aussi savante que tu l'es! Chérie, quel est donc ce bonheur que tu possèdes aujourd'hui et que je ne connais pas encore, pour que la seule approche en soit un tel délice? Lorsque dans la cabane des palombes, où tu voulais toujours que nous emportions notre goûter, je demeure auprès de lui, je sens le bonheur en moi, pareil à quelque chose que je pourrais toucher. Je me dis qu'il existe pourtant une joie au-delà de cette joie; et quand Jean s'éloigne, tout pâle, le souvenir de nos caresses, l'attente de ce qui va être le lendemain, me rend sourde aux plaintes, aux supplications, aux injures de ces pauvres gens qui ne savent pas... qui n'ont jamais su... Chérie, pardonne-moi : je te parle de ce bonheur comme si tu ne le connaissais pas non plus; pourtant je ne suis qu'une novice auprès de toi : aussi suis-je bien sûre que tu seras avec nous contre ceux qui nous font du mal...

Thérèse déchira la troisième enveloppe; quelques mots seulement griffonnés :

Viens, ma chérie : ils nous ont séparés : on me garde à vue. Ils croient que tu te rangeras de leur côté. J'ai dit que je m'en remettrais à ton jugement. Je t'expliquerai tout : il n'est pas malade... Je suis heureuse et je souffre. Je suis heureuse de souffrir à cause de lui et j'aime sa douleur comme le signe de l'amour qu'il a pour moi...

Thérèse ne lut pas plus avant. Comme elle glissait le feuillet dans l'enveloppe, elle y aperçut une photographie qu'elle n'avait pas vue d'abord. Près de la fenêtre, elle contempla ce visage : c'était un jeune garçon dont la tête, à cause des cheveux épais, semblait trop forte. Thérèse, sur cette épreuve, reconnut l'endroit : ce talus où Jean Azévédo se dressait, pareil à David (il y avait derrière une lande où pacageaient des brebis). Il portait sa veste sur le bras; sa chemise était un peu ouverte... « c'est ce qu'il appelle la dernière caresse permise... ». Thérèse leva les yeux et fut étonnée de sa figure dans la glace. Il lui fallut un effort pour desserrer les dents, avaler sa salive. Elle frotta d'eau de Cologne ses tempes, son front. « Elle connaît cette joie...

et moi, alors? et moi? pourquoi pas moi? » La
photographie était restée sur la table; tout auprès
luisait une épingle...

« J'ai fait cela. C'est moi qui ai fait cela... »
Dans le train cahotant et qui, à une descente, se
précipite, Thérèse répète : « Il y a deux ans
déjà, dans cette chambre d'hôtel, j'ai pris
l'épingle, j'ai percé la photographie de ce garçon à l'endroit du cœur — non pas furieuse-
ment, mais avec calme et comme s'il s'agissait
d'un acte ordinaire—; aux lavabos, j'ai jeté la
photographie ainsi transpercée; j'ai tiré la chasse
d'eau. »

Lorsque Bernard était rentré, il avait admiré
qu'elle fût grave, comme une personne qui a
beaucoup réfléchi, et même arrêté déjà un plan
de conduite. Mais elle avait tort de tant fumer :
elle s'intoxiquait! A entendre Thérèse, il ne
fallait pas donner trop d'importance aux caprices
d'une petite fille. Elle se faisait fort de l'éclairer... Bernard souhaitait que Thérèse le rassurât
— tout à la joie de sentir dans sa poche les
billets de retour; flatté surtout de ce que les
siens avaient déjà recours à sa femme. Il l'avertit
que ça coûterait ce que ça coûterait mais que

pour le dernier déjeuner de leur voyage, ils
iraient à quelque restaurant du Bois. Dans le
taxi, il parla de ses projets pour l'ouverture de
la chasse; il avait hâte d'essayer ce chien que
Balion dressait pour lui. Sa mère écrivait que
grâce aux pointes de feu, la jument ne boitait
plus... Peu de monde encore à ce restaurant dont
le service innombrable les intimidait. Thérèse
se souvient de cette odeur : géranium et sau-
mure. Bernard n'avait jamais bu de vin du
Rhin : « Pristi, ils ne le donnent pas. » Mais
ça n'était pas tous les jours fête. La carrure de
Bernard dissimulait à Thérèse la salle. Derrière
les grandes glaces, glissaient, s'arrêtaient des
autos silencieuses. Elle voyait, près des oreilles
de Bernard, remuer ce qu'elle savait être les
muscles temporaux. Tout de suite après les
premières lampées, il devint trop rouge : beau
garçon campagnard auquel manquait seulement,
depuis des semaines, l'espace où brûler sa ration
quotidienne de nourriture et d'alcool. Elle ne
le haïssait pas; mais quel désir d'être seule pour
penser à sa souffrance, pour chercher l'endroit
où elle souffrait! Simplement qu'il ne soit plus
là; qu'elle puisse ne pas se forcer à manger, à
sourire; qu'elle n'ait plus ce souci de composer

son visage, d'éteindre son regard; que son esprit
se fixe librement sur ce désespoir mystérieux :
une créature s'évade hors de l'île déserte où tu
imaginais qu'elle vivrait près de toi jusqu'à la
fin; elle franchit l'abîme qui te sépare des autres,
les rejoint — change de planète enfin... mais
non : quel être a jamais changé de planète?
Anne avait toujours appartenu au monde des
simples vivants; ce n'était qu'un fantôme dont
Thérèse autrefois regardait la tête endormie sur
ses genoux, durant leurs vacances solitaires : la
véritable Anne de la Trave, elle ne l'a jamais
connue : celle qui rejoint, aujourd'hui, Jean
Azévédo dans une palombière abandonnée entre
Saint-Clair et Argelouse.

« Qu'est-ce que tu as? Tu ne manges pas? Il
ne faut pas leur en laisser : au prix que ça
coûte, ce serait dommage. C'est la chaleur? Tu
ne vas pas tourner l'œil? A moins que ce soit un
malaise... déjà. »

Elle sourit; sa bouche seule souriait. Elle dit
qu'elle réfléchissait à cette aventure d'Anne (il
fallait qu'elle parlât d'Anne). Et comme Bernard
déclarait être bien tranquille, du moment qu'elle
avait pris l'affaire en main, la jeune femme lui
demanda pourquoi ses parents étaient hostiles

à ce mariage. Il crut qu'elle se moquait de lui, la supplia de ne pas commencer à soutenir des paradoxes :

« D'abord, tu sais bien qu'ils sont juifs : maman a connu le grand-père Azévédo, celui qui avait refusé le baptême. »

Mais Thérèse prétendait qu'il n'y avait rien de plus ancien à Bordeaux que ces noms d'Israélites portugais :

« Les Azévédo tenaient déjà le haut du pavé lorsque nos ancêtres, bergers misérables, grelottaient de fièvre au bord de leurs marécages.

— Voyons, Thérèse, ne discute pas pour le plaisir de discuter; tous les juifs se valent... et puis c'est une famille de dégénérés — tuberculeux jusqu'à la moelle, tout le monde le sait. »

Elle alluma une cigarette, d'un geste qui toujours avait choqué Bernard :

« Rappelle-moi donc de quoi est mort ton grand-père, ton arrière-grand-père? Tu t'es inquiété de savoir, en m'épousant, quelle maladie a emporté ma mère? Crois-tu que chez nos ascendants nous ne trouverions pas assez de tuberculeux et de syphilitiques pour empoisonner l'univers?

— Tu vas trop loin, Thérèse, permets-moi de

te le dire; même en plaisantant et pour me
faire grimper, tu ne dois pas toucher à la famille. »

Il se rengorgeait, vexé — voulant à la fois le
prendre de haut et ne pas paraître ridicule à
Thérèse. Mais elle insistait :

« Nos familles me font rire avec leur prudence de taupes! cette horreur des tares appa-
rentes n'a d'égale que leur indifférence à celles,
bien plus nombreuses, qui ne sont pas connues...
Toi-même, tu emploies pourtant cette expression : maladies secrètes... non? Les maladies les
plus redoutables pour la race ne sont-elles pas
secrètes par définition? nos familles n'y songent
jamais, elles qui s'entendent si bien, pourtant, à
recouvrir, à ensevelir leurs ordures : sans les
domestiques, on ne saurait jamais rien. Heureusement qu'il y a les domestiques...

— Je ne te répondrai pas : quand tu te
lances, le mieux est d'attendre que ce soit fini.
Avec moi, il n'y a que demi-mal : je sais que tu
t'amuses. Mais à la maison, tu sais, ça ne prendrait pas. Nous ne plaisantons pas sur le cha-
pitre de la famille. »

La famille! Thérèse laissa éteindre sa cigarette; l'œil fixe, elle regardait cette cage aux

barreaux innombrables et vivants, cette cage
tapissée d'oreilles et d'yeux, où, immobile,
accroupie, le menton aux genoux, les bras en-
tourant ses jambes, elle attendrait de mourir.

« Voyons, Thérèse, ne fais pas cette figure :
si tu te voyais... »

Elle sourit, se remasqua :

« Je m'amusais... Que tu es nigaud, mon
chéri. »

Mais dans le taxi, comme Bernard se rapprochait d'elle, sa main l'éloignait, le repoussait.

Ce dernier soir avant le retour au pays, ils
se couchèrent dès neuf heures. Thérèse avala
un cachet, mais elle attendait trop le sommeil
pour qu'il vînt. Un instant, son esprit sombra
jusqu'à ce que Bernard, dans un marmonne-
ment incompréhensible, se fût retourné; alors
elle sentit contre elle ce grand corps brûlant;
elle le repoussa et, pour n'en plus subir le feu,
s'étendit sur l'extrême bord de la couche; mais,
après quelques minutes, il roula de nouveau
vers elle comme si la chair en lui survivait à
l'esprit absent et, jusque dans le sommeil, cherchait confusément sa proie accoutumée. D'une
main brutale et qui pourtant ne l'éveilla pas,
de nouveau elle l'écarta... Ah! l'écarter une

fois pour toutes et à jamais! le précipiter hors
du lit, dans les ténèbres.

A travers le Paris nocturne, les trompes
d'autos se répondaient comme à Argelouse les
chiens, les coqs, lorsque la lune luit. Aucune
fraîcheur ne montait de la rue. Thérèse alluma
une lampe et, le coude sur l'oreiller, regarda cet
homme immobile à côté d'elle — cet homme
dans sa vingt-septième année : il avait repoussé
les couvertures; sa respiration ne s'entendait
même pas; ses cheveux ébouriffés recouvraient
son front pur encore, sa tempe sans ride. Il dor-
mait, Adam désarmé et nu, d'un sommeil profond et comme éternel. La femme ayant rejeté
sur ce corps la couverture, se leva, chercha une
des lettres dont elle avait interrompu la lecture, s'approcha de la lampe :

*... S'il me disait de le suivre, je quitterais tout
sans tourner la tête. Nous nous arrêtons au bord,
à l'extrême bord de la dernière caresse, mais par sa
volonté, non par ma résistance — ou plutôt
c'est lui qui me résiste, et moi qui souhaiterais
d'atteindre ces extrémités inconnues dont il me
répète que la seule approche dépasse toutes les
joies; à l'entendre, il faut toujours demeurer en*

*deçà; il est fier de freiner sur des pentes où il
dit qu'une fois engagés, les autres glissent irré-
sistiblement...*

Thérèse ouvrit la croisée, déchira les lettres en
menus morceaux, penchée sur le gouffre de
pierre qu'un seul tombereau, à cette heure avant
l'aube, faisait retentir. Les fragments de papier
tourbillonnaient, se posaient sur les balcons des
étages inférieurs. L'odeur végétale que respirait
la jeune femme, quelle campagne l'envoyait jusqu'à ce désert de bitume? Elle imaginait la
tache de son corps en bouillie sur la chaussée
— et à l'entour ce remous d'agents, de rôdeurs...
Trop d'imagination pour te tuer, Thérèse. Au
vrai, elle ne souhaitait pas de mourir; un travail urgent l'appelait, non de vengeance, ni de
haine : mais cette petite idiote, là-bas, à Saint-
Clair, qui croyait le bonheur possible, il fallait
qu'elle sût, comme Thérèse, que le bonheur
n'existe pas. Si elles ne possèdent rien d'autre
en commun, qu'elles aient au moins cela : l'ennui, l'absence de toute tâche haute, de tout devoir supérieur, l'impossibilité de rien attendre
que les basses habitudes quotidiennes — un
isolement sans consolations. L'aube éclairait les

toits; elle rejoignit sur sa couche l'homme immobile; mais dès qu'elle fut étendue près de lui, déjà il se rapprochait.

Elle se réveilla lucide, raisonnable. Qu'allait-elle chercher si loin? Sa famille l'appelait au secours, elle agirait selon ce qu'exigeait sa famille; ainsi serait-elle sûre de ne point dévier. Thérèse approuvait Bernard lorsqu'il répétait que si Anne manquait le mariage Deguilhem, ce serait un désastre. Les Deguilhem ne sont pas de leur monde : le grand-père était berger... Oui, mais ils ont les plus beaux pins du pays; et Anne, après tout, n'est pas si riche : rien à attendre du côté de son père que des vignes dans le palus, près de Langon — inondées une année sur deux. Il ne fallait à aucun prix qu'Anne manquât le mariage Deguilhem. L'odeur du chocolat dans la chambre écœurait Thérèse; ce léger malaise confirmait d'autres signes : enceinte, déjà. « Il vaut mieux l'avoir tout de suite, dit Bernard, après, on n'aura plus à y penser. » Et il contemplait avec respect la femme qui portait dans ses flancs le maître unique de pins sans nombre.

V

SAINT-CLAIR, bientôt! Saint-Clair... Thérèse mesure de l'œil le chemin qu'a parcouru sa pensée. Obtiendra-t-elle que Bernard la suive jusque-là? Elle n'ose espérer qu'il consente à cheminer à pas si lents sur cette route tortueuse; pourtant rien n'est dit de l'essentiel : « Quand j'aurai atteint avec lui ce défilé où me voilà, tout me restera encore à découvrir. » Elle se penche sur sa propre énigme, interroge la jeune bourgeoise mariée dont chacun louait la sagesse, lors de son établissement à Saint-Clair, ressuscite les premières semaines vécues dans la maison fraîche et sombre de ses beaux-parents. Du côté de la grand-place les volets en sont toujours clos; mais, à gauche, une grille livre aux regards le jardin embrasé d'héliotropes, de géraniums, de pétunias. Entre le couple La Trave embusqué au fond d'un petit salon ténébreux, au rez-de-chaussée, et Anne errant dans ce jardin d'où il lui était interdit de sortir, Thérèse allait et venait, confidente, complice. Elle disait aux La Trave : « Donnez-vous les gants de céder un peu, offrez-lui de voyager avant de prendre aucune décision : j'obtiendrai qu'elle vous obéisse sur ce point; pendant votre absence, j'agirai. » Comment? Les La Trave entrevoyaient qu'elle lierait connaissance avec le jeune Azévédo : « Vous ne pouvez rien attendre d'une attaque directe, ma mère. » A en croire Mme de la Trave, rien n'avait transpiré encore, Dieu merci. La receveuse, Mlle Monod, était seule dans la confidence; elle avait arrêté plusieurs lettres d'Anne : « Mais cette fille, c'est un tombeau. D'ailleurs, nous la tenons... elle ne jasera pas. »

« Tâchons de la faire souffrir le moins possible... » répétait Hector de la Trave; mais lui, qui naguère cédait aux plus absurdes caprices d'Anne, ne pouvait qu'approuver sa femme, disant : « On ne fait pas d'omelette sans casser les œufs... » et encore : « Elle nous remerciera un jour. » Oui, mais d'ici là, ne tomberait-elle pas malade? Les deux époux se taisaient, l'œil

vague; sans doute suivaient-ils en esprit, dans le
grand soleil, leur enfant consumée, à qui faisait horreur toute nourriture : elle écrase des
fleurs qu'elle ne voit pas, longe les grilles à
pas de biche, cherchant une issue... Mme de la
Trave secouait la tête : « Je ne peux pourtant
pas boire son jus de viande à sa place, n'est-ce
pas? Elle se gave de fruits au jardin, afin de pouvoir laisser pendant le repas son assiette vide. »
Et Hector de la Trave : « Elle nous reprocherait
plus tard d'avoir donné notre consentement...
Et quand ce ne serait qu'à cause des malheureux qu'elle mettrait au monde... » Sa femme lui
en voulait de ce qu'il avait l'air de chercher
des excuses : « Heureusement que les Deguilhem ne sont pas rentrés. Nous avons la chance
qu'ils tiennent à ce mariage comme à la pru-
nelle de leurs yeux... » Ils attendaient que Thérèse eût quitté la salle, pour se demander l'un
à l'autre : « Mais qu'est-ce qu'on lui a fourré
dans la tête au couvent? Ici, elle n'a eu que
de bons exemples; nous avons surveillé ses lectures... Thérèse dit qu'il n'y a rien de pire, pour
tourner la tête aux jeunes filles, que les romans
d'amour de l'*œuvre des bons livres*... mais elle
est tellement paradoxale... D'ailleurs Anne, Dieu

merci, n'a pas la manie de lire; je n'ai jamais eu
d'observations à lui faire sur ce point. En cela,
elle est bien une femme de la famille. Au fond,
si nous pouvions arriver à la changer d'air... Tu
te rappelles comme Salies lui avait fait du bien
après cette rougeole compliquée de bronchite?
Nous irons où elle voudra, je ne peux pas mieux
dire. Voilà une enfant bien à plaindre, en vérité. » M. de la Trave soupirait à mi-voix :
« Oh! un voyage avec nous... Rien! rien! »
répondait-il à sa femme qui, un peu sourde,
l'interrogeait : « Qu'est-ce que tu as dit? » Du
fond de cette fortune où il avait fait son trou,
quel voyage d'amour se rappelait ce vieil
homme, soudain, quelles heures bénies de sa
jeunesse amoureuse?

Au jardin, Thérèse avait rejoint la jeune fille
dont les robes de l'année dernière étaient deve-
nues trop larges : « Eh bien? » criait Anne dès
qu'approchait son amie. Cendre des allées, prairies sèches et crissantes, odeur des géraniums
grillés, et cette jeune fille plus consumée, dans
l'après-midi d'août, qu'aucune plante, il n'est
rien que Thérèse ne retrouve dans son cœur.
Quelquefois des averses orageuses les obligeaient

à s'abriter dans la serre; les grêlons faisaient retentir les vitres.

« Qu'est-ce que cela te fait de partir, puisque tu ne le vois pas?

— Je ne le vois pas, mais je sais qu'il respire à dix kilomètres d'ici. Quand le vent souffle de l'est, je sais qu'il entend la cloche en même temps que moi. Ça te serait-il égal que Bernard fût à Argelouse ou à Paris? Je ne vois pas Jean, mais je sais qu'il n'est pas loin. Le dimanche, à la messe, je n'essaie même pas de tourner la tête, puisque de nos places, l'autel seul est visible, et qu'un pilier nous isole de l'assistance. Mais à la sortie...

— Il n'y était pas dimanche? »

Thérèse le savait, elle savait qu'Anne entraînée par sa mère avait en vain cherché dans la foule un visage absent.

« Peut-être était-il malade... On arrête ses lettres; je ne peux rien savoir.

— C'est tout de même étrange qu'il ne trouve pas le moyen de faire passer un mot.

— Si tu voulais, Thérèse... Oui, je sais bien que ta position est délicate...

— Consens à ce voyage, et pendant ton absence, peut-être...

— Je ne peux pas m'éloigner de lui.

— De toute façon il s'en ira, ma chérie. Dans quelques semaines il quittera Argelouse.

— Ah! tais-toi. C'est une pensée insoutenable. Et pas un mot de lui pour m'aider à vivre. J'en meurs déjà : il faut qu'à chaque instant je me rappelle ses paroles qui m'avaient donné le plus de joie; mais à force de me les répéter, je n'arrive plus à être bien sûre qu'il les ait dites en effet; tiens, celle-ci, à notre dernière entrevue, je crois l'entendre encore : « Il n'y a personne dans ma « vie que vous... » Il a dit ça, à moins que ce soit : « Vous êtes ce que j'ai de plus cher dans « ma vie... » Je ne peux me rappeler exacte- ment. »

Les sourcils froncés, elle cherchait l'écho de la parole consolatrice dont elle élargissait le sens à l'infini.

« Enfin, comment est-il, ce garçon?

— Tu ne peux pas imaginer.

— Il ressemble si peu aux autres?

— Je voudrais te le peindre... mais il est telle- ment au-delà de ce que je saurais dire... Après tout peut-être le jugerais-tu très ordinaire... Mais je suis bien sûre que non. »

Elle ne distinguait plus rien de particulier

dans le jeune homme éblouissant de tout l'amour qu'elle lui portait. « Moi, songeait Thérèse, la passion me rendrait plus lucide; rien ne m'échapperait de l'être dont j'aurais envie. »

« Thérèse, si je me résignais à ce voyage, tu le verrais, tu me rapporterais ses paroles? Tu lui ferais passer mes lettres? Si je pars, si j'ai le courage de partir... »

Thérèse quittait le royaume de la lumière et du feu et pénétrait de nouveau, comme une guêpe sombre, dans le bureau où les parents attendaient que la chaleur fût tombée et que leur fille fût réduite. Il fallut beaucoup de ces allées et venues pour décider enfin Anne au départ. Et sans doute Thérèse n'y fût-elle jamais parvenue sans le retour imminent des Deguilhem. Elle tremblait devant ce nouveau péril. Thérèse lui répétait que pour un garçon si riche « il n'était pas mal, ce Deguilhem ».

« Mais, Thérèse, je l'ai à peine regardé : il a des lorgnons, il est chauve, c'est un vieux.

— Il a vingt-neuf ans...

— C'est ce que je dis : c'est un vieux; et puis, vieux ou pas vieux... »

Au repas du soir, les La Trave parlaient de

Biarritz, s'inquiétaient d'un hôtel. Thérèse observait Anne, ce corps immobile et sans âme.
« Force-toi un peu... on se force », répétait
Mme de la Trave. D'un geste d'automate, Anne
approchait la cuiller de sa bouche. Aucune
lumière dans les yeux. Rien ni personne pour
elle n'existait, hors cet absent. Un sourire parfois errait sur ses lèvres, au souvenir d'une
parole entendue, d'une caresse reçue, à l'époque
où dans une cabane de brandes, la main trop
forte de Jean Azévédo déchirait un peu sa
blouse. Thérèse regardait le buste de Bernard
penché sur l'assiette : comme il était assis à
contre-jour, elle ne voyait pas sa face; mais elle
entendait cette lente mastication, cette rumi-
nation de la nourriture sacrée. Elle quittait la
table. Sa belle-mère disait : « Elle aime mieux
qu'on ne s'en aperçoive pas. Je voudrais la
dorloter, mais elle n'aime pas à être soignée.
Ses malaises, c'est le moins qu'on puisse avoir
dans son état. Mais elle a beau dire : elle fume
trop. » Et la dame rappelait des souvenirs de
grossesse : « Je me souviens que quand je t'atten-
dais, je devais respirer une balle de caoutchouc :
il n'y avait que ça pour me remettre l'estomac
en place. »

« Thérèse, où es-tu?

— Ici, sur le banc.

— Ah! oui : je vois ta cigarette. »

Anne s'asseyait, appuyait sa tête contre une épaule immobile, regardait le ciel, disait : « Il voit ces étoiles, il entend l'angélus... » Elle disait encore : « Embrasse-moi, Thérèse. » Mais Thérèse ne se penchait pas vers cette tête confiante. Elle demandait seulement :

« Tu souffres?

— Non, ce soir, je ne souffre pas : j'ai compris que, d'une façon ou de l'autre, je le rejoindrai. Je suis tranquille maintenant. L'essentiel est qu'il le sache; et il va le savoir par toi : je suis décidée à ce voyage. Mais au retour, je passerai à travers les murailles; tôt ou tard, je m'abattrai contre son cœur; de cela je suis sûre comme de ma propre vie. Non, Thérèse, non : toi, du moins, ne me fais pas de morale, ne me parle pas de la famille...

— Je ne songe pas à la famille, chérie, mais à lui : on ne tombe pas ainsi dans la vie d'un homme : il a sa famille, lui aussi, ses intérêts, son travail, une liaison peut-être...

— Non, il m'a dit : « Je n'ai que vous dans

« ma vie... » et une autre fois : « Notre amour
« est la seule chose à quoi je tienne en ce mo-
« ment... »

— « En ce moment? »

— Qu'est-ce que tu crois? Tu crois qu'il ne
parlait que de la minute présente? »

Thérèse n'avait plus besoin de lui demander
si elle souffrait : elle l'entendait souffrir dans
l'ombre; mais sans aucune pitié. Pourquoi aurait-
elle eu pitié? Qu'il doit être doux de répéter un
nom, un prénom qui désigne un certain être
auquel on est lié par le cœur étroitement! La
seule pensée qu'il est vivant, qu'il respire, qu'il
s'endort, le soir, la tête sur son bras replié, qu'il
s'éveille à l'aube, que son jeune corps déplace
la brume...

« Tu pleures, Thérèse? C'est à cause de moi
que tu pleures? Tu m'aimes, toi. »

La petite s'était mise à genoux, avait appuyé
sa tête contre le flanc de Thérèse et, soudain,
s'était redressée :

« J'ai senti sous mon front je ne sais quoi qui
remue...

— Oui, depuis quelques jours, il bouge.

— Le petit?

— Oui : il est vivant déjà. »

Elles étaient revenues vers la maison, enlacées comme naguère sur la route du Nizan, sur la route d'Argelouse. Thérèse se souvient qu'elle avait peur de ce fardeau tressaillant; que de passions, au plus profond de son être, devaient pénétrer cette chair informe encore! Elle se revoit, ce soir-là, assise dans sa chambre, devant la fenêtre ouverte (Bernard lui avait crié depuis le jardin : « N'allume pas à cause des moustiques. »). Elle avait compté les mois jusqu'à cette naissance; elle aurait voulu connaître un Dieu pour obtenir de lui que cette créature inconnue, toute mêlée encore à ses entrailles, ne se manifestât jamais.

VI

L'ÉTRANGE est que Thérèse ne se souvient des jours qui suivirent le départ d'Anne et des La Trave que comme d'une époque de torpeur. A Argelouse, où il avait été entendu qu'elle trouverait le joint pour agir sur cet Azévédo et pour lui faire lâcher prise, elle ne songeait qu'au repos, au sommeil. Bernard avait consenti à ne pas habiter sa maison, mais celle de Thérèse, plus confortable et où la tante Clara leur épargnait tous les ennuis du ménage. Qu'importait à Thérèse les autres? Qu'ils s'arrangent seuls. Rien ne lui plaisait que cette hébétude jusqu'à ce qu'elle fût délivrée. Bernard l'irritait, chaque matin, en lui rappelant sa promesse d'aborder Jean Azévédo. Mais Thérèse le rabrouait : elle commençait de le supporter moins aisément. Il se peut que son état de grossesse, comme le

croyait Bernard, ne fût pas étranger à cette hu-
meur. Lui-même subissait alors les premières
atteintes d'une obsession si commune aux gens
de sa race, bien qu'il soit rare qu'elle se ma-
nifeste avant la trentième année : cette peur de
la mort d'abord étonnait chez un garçon bâti à
chaux et à sable. Mais que lui répondre quand il
protestait : « Vous ne savez pas ce que
j'éprouve?... » Ces corps de gros mangeurs, issus
d'une race oisive et trop nourrie, n'ont que
l'aspect de la puissance. Un pin planté dans la
terre engraissée d'un champ bénéficie d'une
croissance rapide; mais très tôt le cœur de l'arbre
pourrit et, dans sa pleine force, il faut l'abattre.
« C'est nerveux », répétait-on à Bernard; mais
lui sentait bien cette paille à même le métal
— cette fêlure. Et puis, c'était inimaginable :
il ne mangeait plus, il n'avait plus faim. « Pourquoi ne vas-tu pas consulter? » Il haussait les
épaules, affectait le détachement; au vrai, l'in-
certitude lui paraissait moins redoutable qu'un
verdict de mort, peut-être. La nuit, un râle parfois réveillait Thérèse en sursaut : la main de
Bernard prenait sa main et il l'appuyait contre
son sein gauche pour qu'elle se rendît compte
des intermittences. Elle allumait la bougie, se

levait, versait du valérianate dans un verre
d'eau. Quel hasard, songeait-elle, que cette mix-
ture fût bienfaisante! Pourquoi pas mortelle?
Rien ne calme, rien n'endort vraiment, si ce
n'est pour l'éternité. Cet homme geignard, pourquoi donc avait-il si peur de ce qui sans retour
l'apaiserait? Il s'endormait avant elle. Comment
attendre le sommeil auprès de ce grand corps
dont les ronflements parfois tournaient à l'angoisse? Dieu merci, il ne l'approchait plus —
l'amour lui paraissant, de tous les exercices, le
plus dangereux pour son cœur. Les coqs de
l'aube éveillaient les métairies. L'angélus de
Saint-Clair tintait dans le vent d'est; les yeux de
Thérèse enfin se fermaient. Alors s'agitait de nouveau le corps de l'homme : il s'habillait vite, en
paysan (à peine trempait-il sa tête dans l'eau
froide). Il filait comme un chien à la cuisine,
friand des restes du garde-manger; déjeunait sur
le pouce d'une carcasse, d'une tranche de confit
froid, ou encore d'une grappe de raisins et d'une
croûte frottée d'ail; son seul bon repas de la
journée! Il jetait des morceaux à Flambeau et à
Diane dont claquaient les mâchoires. Le brouillard avait l'odeur de l'automne. C'était l'heure
où Bernard ne souffrait plus, où il sentait de nou-

veau en lui sa jeunesse toute-puissante. Bientôt passeraient les palombes : il fallait s'occuper des appeaux, leur crever les yeux. A onze heures, il retrouvait Thérèse encore couchée.

« Eh bien? Et le fils Azévédo? Tu sais que mère attend des nouvelles à Biarritz, poste restante?

— Et ton cœur?

— Ne me parle pas de mon cœur. Il suffit que tu m'en parles pour que je le sente de nouveau. Evidemment, ça prouve que c'est nerveux... Tu crois aussi que c'est nerveux? »

Elle ne lui donnait jamais la réponse qu'il désirait :

« On ne sait jamais; toi seul connais ce que tu éprouves. Ce n'est pas une raison parce que ton père est mort d'une angine de poitrine... surtout à ton âge... Evidemment le cœur est la partie faible des Desqueyroux. Que tu es drôle, Bernard, avec ta peur de la mort! N'éprouves-tu jamais, comme moi, le sentiment profond de ton inutilité? Non? Ne penses-tu pas que la vie des gens de notre espèce ressemble déjà terriblement à la mort? »

Il haussait les épaules : elle l'assommait avec ses paradoxes. Ce n'est pas malin d'avoir de l'esprit : on n'a qu'à prendre en tout le contre-pied de ce qui est raisonnable. Mais elle avait tort, ajoutait-il, de se mettre en dépense avec lui : mieux valait se réserver pour son entrevue avec le fils Azévédo.

« Tu sais qu'il doit quitter Vilméja vers la mi-octobre? »

A Villandraut, la station qui précède Saint-Clair, Thérèse songe : « Comment persuader Bernard que je n'ai pas aimé ce garçon? Il va croire sûrement que je l'ai adoré. Comme tous les êtres à qui l'amour est profondément inconnu, il s'imagine qu'un crime comme celui dont on m'accuse ne peut être que passionnel. » Il faudrait que Bernard comprît qu'à cette époque, elle était très éloignée de le haïr, bien qu'il lui parût souvent importun; mais elle n'imaginait pas qu'un autre homme lui pût être de quelque secours. Bernard, tout compte fait, n'était pas si mal. Elle exécrait dans les romans la peinture d'êtres extraordinaires et tels qu'on n'en rencontre jamais dans la vie.

Le seul homme supérieur qu'elle crût connaître, c'était son père. Elle s'efforçait de prêter quelque grandeur à ce radical entêté, mé-

fiant, qui jouait sur plusieurs tableaux : propriétaire industriel outre une scierie à B., il
traitait lui-même sa résine et celle de son nom-
breux parentage dans une usine à Saint-Clair.
Politicien surtout à qui ses manières cassantes
avaient fait du tort, mais très écouté à la pré-
fecture. Et quel mépris des femmes! même de
Thérèse à l'époque où chacun louait son intelligence. Et depuis le drame : « Toutes des hystériques quand elles ne sont pas des idiotes! »
répétait-il à l'avocat. Cet anticlérical se montrait
volontiers pudibond. Bien qu'il fredonnât parfois un refrain de Béranger, il ne pouvait souffrir qu'on touchât devant lui à certains sujets,
devenait pourpre comme un adolescent. Bernard
tenait de M. de la Trave que M. Larroque s'était
marié vierge : « Depuis qu'il est veuf, ces mes-
sieurs m'ont souvent répété qu'on ne lui connaît
pas de maîtresse. C'est un type, ton père! » oui,
c'était un type. Mais si, de loin, elle se faisait de
lui une image embellie, Thérèse, dès qu'il était
là, mesurait sa bassesse. Il venait peu à Saint-
Clair, plus souvent à Argelouse, car il n'aimait
pas à rencontrer les La Trave. En leur présence,
et bien qu'il fût interdit de parler politique, dès
le potage naissait le débat imbécile qui tournait

vite à l'aigre. Thérèse aurait eu honte de s'en
mêler : elle mettait son orgueil à ne pas ouvrir
la bouche, sauf si l'on touchait à la question réli-
gieuse. Alors elle se précipitait au secours de
M. Larroque. Chacun criait, au point que la
tante Clara elle-même percevait des bribes de
phrases, se jetait dans la mêlée, et avec sa voix
affreuse de sourde donnait libre cours à sa passion de vieille radicale « qui sait ce qui se passe
dans les couvents »; au fond (songeait Thérèse),
plus croyante qu'aucun La Trave, mais en guerre
ouverte contre l'Etre infini qui avait permis
qu'elle fût sourde et laide, qu'elle mourût sans
avoir jamais été aimée ni possédée. Depuis le
jour où Mme de la Trave avait quitté la table,
on évita d'un commun accord la métaphysique.
La politique, d'ailleurs, suffisait à mettre hors
des gonds ces personnes qui, de droite ou de
gauche, n'en demeuraient pas moins d'accord
sur ce principe essentiel : la propriété est
l'unique bien de ce monde, et rien ne vaut de
vivre que de posséder la terre. Mais faut-il faire
ou non la part du feu? Et si l'on s'y résigne,
dans quelle mesure? Thérèse, « qui avait la propriété dans le sang », eût voulu qu'avec ce cy-
nisme la question fût posée, mais elle haïssait

les faux semblants dont les Larroque et les La
Trave masquaient leur commune passion. Quand
son père proclamait « un dévouement indé-
fectible à la démocratie », elle l'interrompait :
« Ce n'est pas la peine, nous sommes seuls. »
Elle disait que le sublime en politique lui donnait la nausée; le tragique du conflit des classes
lui échappait dans un pays où le plus pauvre est
propriétaire, n'aspire qu'à l'être davantage; où
le goût commun de la terre, de la chasse, du
manger et du boire, crée entre tous, bourgeois
et paysans, une fraternité étroite. Mais Bernard
avait, en outre, de l'instruction; on disait de
lui qu'il était sorti de son trou; Thérèse elle-
même se félicitait de ce qu'il était un homme
avec lequel on peut causer : « En somme, très
supérieur à son milieu... » Ainsi le jugea-t-elle
jusqu'au jour de sa rencontre avec Jean Azévédo.

C'était l'époque où la fraîcheur de la nuit demeure toute la matinée; et dès la collation, aussi
chaud qu'ait été le soleil, un peu de brume
annonce de loin le crépuscule. Les premières palombes passaient, et Bernard ne rentrait guère
que le soir. Ce jour-là pourtant, après une mau-

vaise nuit, il était allé d'une traite à Bordeaux,
pour se faire examiner.

« Je ne désirais rien alors, songe Thérèse, j'allais, une heure, sur la route parce qu'une femme
enceinte doit marcher un peu. J'évitais les bois,
où, à cause des palombières, il faut s'arrêter à
chaque instant, siffler, attendre que le chasseur,
d'un cri, vous autorise à repartir; mais parfois
un long sifflement répond au vôtre : un vol s'est
abattu dans les chênes; il faut se tapir. Puis je
rentrais; je somnolais devant le feu du salon ou
de la cuisine, servie en tout par tante Clara.
Pas plus qu'un dieu ne regarde sa servante, je
ne prêtais d'attention à cette vieille fille toujours nasillant des histoires de cuisine et de métairie; elle parlait, elle parlait afin de n'avoir
pas à essayer d'entendre : presque toujours des
anecdotes sinistres touchant les métayers qu'elle
soignait, qu'elle veillait avec un dévouement lucide : vieillards réduits à mourir de faim,
condamnés au travail jusqu'à la mort, infirmes
abandonnés, femmes asservies à d'exténuantes
besognes. Avec une sorte d'allégresse, tante
Clara citait dans un patois innocent leurs mots
les plus atroces. Au vrai, elle n'aimait que moi
qui ne la voyais même pas se mettre à genoux,

délacer mes souliers, enlever mes bas, réchauffer mes pieds dans ses vieilles mains.

« Balion venait aux ordres lorsqu'il devait se rendre, le lendemain, à Saint-Clair. Tante Clara dressait la liste des commissions, réunissait les ordonnances pour les malades d'Argelouse : « Vous irez en premier lieu à la pharmacie; Dar- « quey n'aura pas trop de la journée pour pré- « parer les drogues... »

« Ma première rencontre avec Jean... Il faut que je me rappelle chaque circonstance : j'avais choisi d'aller à cette palombière abandonnée où je goûtais naguère auprès d'Anne et où je savais que, depuis, elle avait aimé rejoindre cet Azé- védo. Non, ce n'était point, dans mon esprit, un pèlerinage. Mais les pins, de ce côté, ont trop grandi pour qu'on y puisse guetter les palombes : je ne risquais pas de déranger les chasseurs. Cette palombière ne pouvait plus servir car la forêt, alentour, cachait l'horizon; les cimes écar- tées ne ménageaient plus ces larges avenues de ciel où le guetteur voit surgir les vols. Rappelle- toi : ce soleil d'octobre brûlait encore; je pei- nais sur ce chemin de sable; les mouches me harcelaient. Que mon ventre était lourd! J'aspi- rais à m'asseoir sur le banc pourri de la palom-

bière. Comme j'en ouvrais la porte, un jeune
homme sortit, tête nue; je reconnus, au premier
regard, Jean Azévédo, et d'abord imaginai que
je troublais un rendez-vous, tant son visage montrait de confusion. Mais je voulus en vain
prendre le large; c'était étrange qu'il ne son-
geât qu'à me retenir : « Mais non, entrez, ma-
« dame; je vous jure que vous ne me dérangez
« pas du tout. »

« Je fus étonnée qu'il n'y eût personne dans
la cabane où je pénétrai, sur ses instances. Peut-
être la bergère avait-elle fui par une autre issue?
Mais aucune branche n'avait craqué. Lui aussi
m'avait reconnue, et d'abord le nom d'Anne de
la Trave lui vint aux lèvres. J'étais assise; lui,
debout, comme sur la photographie. Je regar-
dais, à travers la chemise de tussor, l'endroit où
j'avais enfoncé l'épingle : curiosité dépouillée
de toute passion. Etait-il beau? Un front cons-
truit — les yeux veloutés de sa race — de trop
grosses joues — et puis ce qui me dégoûte dans
les garçons de cet âge : des boutons, les signes
du sang en mouvement; tout ce qui suppure;
surtout ces paumes moites qu'il essuyait avec un
mouchoir, avant de vous serrer la main. Mais
son beau regard brûlait; j'aimais cette grande

bouche toujours un peu ouverte sur des dents
aiguës : gueule d'un jeune chien qui a chaud.
Et moi, comment étais-je? Très famille, je me
souviens. Déjà je le prenais de haut, l'accusais,
sur un ton solennel, « de porter le trouble et
« la division dans un intérieur honorable ». Ah!
rappelle-toi sa stupéfaction non jouée, ce juvé-
nile éclat de rire : « Alors, vous croyez que je
« veux l'épouser? Vous croyez que je brigue cet
« honneur? » Je mesurai d'un coup d'œil, avec
stupeur, cet abîme entre la passion d'Anne et
l'indifférence du garçon. Il se défendait avec
feu : certes, comment ne pas céder au charme
d'une enfant délicieuse? Il n'est point défendu
de jouer; et justement parce qu'il ne pouvait
même être question de mariage entre eux, le
jeu lui avait paru anodin. Sans doute avait-il
feint de partager les intentions d'Anne... et
comme, juchée sur mes grands chevaux, je l'in-
terrompais, il repartit avec véhémence qu'Anne
elle-même pouvait lui rendre ce témoignage qu'il
avait su ne pas aller trop loin; que, pour
le reste, il ne doutait point que Mlle de la Trave
lui dût les seules heures de vraie passion qu'il
lui serait sans doute donné de connaître durant
sa morne existence : « Vous me dites qu'elle

« souffre, madame; mais croyez-vous qu'elle ait
« rien de meilleur à attendre de sa destinée que
« cette souffrance? Je vous connais de réputa-
« tion; je sais qu'on peut vous dire ces choses
« et que vous ne ressemblez pas aux gens d'ici.
« Avant qu'elle ne s'embarque pour la plus
« lugubre traversée à bord d'une vieille maison
« de Saint-Clair, j'ai pourvu Anne d'un capital
« de sensations, de rêves — de quoi la sauver
« peut-être du désespoir et, en tout cas, de l'abru-
« tissement. » Je ne me souviens plus si je
fus crispée par cet excès de prétention, d'affectation, ou si même j'y fus sensible. Au vrai, son
débit était si rapide que d'abord je ne le suivais
pas; mais bientôt mon esprit s'accoutuma à cette
volubilité : « Me croire capable, moi, de souhai-
« ter un tel mariage; de jeter l'ancre dans ce
« sable; ou de me charger à Paris d'une petite
« fille? Je garderai d'Anne une image adorable,
« certes; et au moment où vous m'avez surpris,
« je pensais à elle justement... Mais comment
« peut-on se fixer, madame? Chaque minute doit
« apporter sa joie — une joie différente de
« toutes celles qui l'ont précédée. »

   « Cette avidité d'un jeune animal, cette intelligence dans un seul être, cela me paraissait si

étrange que je l'écoutais sans l'interrompre. Oui, décidément, j'étais éblouie : à peu de frais, grand Dieu! Mais je l'étais. Je me rappelle ce pié- tinement, ces cloches, ces cris sauvages de ber- gers qui annonçaient de loin l'approche d'un troupeau. Je dis au garçon que peut-être cela paraîtrait drôle que nous fussions ensemble dans cette cabane; j'aurais voulu qu'il répondît que mieux valait ne faire aucun bruit jusqu'à ce que fût passé le troupeau; je me serais réjouie de ce silence côte à côte, de cette complicité (déjà je devenais, moi aussi, exigeante, et souhaitais que chaque minute m'apportât de quoi vivre). Mais Jean Azévédo ouvrit sans protester la porte de la palombière et, cérémonieusement, s'effaça. Il ne me suivit jusqu'à Argelouse qu'après s'être assuré que je n'y voyais point d'obstacle. Ce retour, qu'il me parut rapide, bien que mon compagnon ait trouvé le temps de toucher à mille sujets! il rajeunissait étrangement ceux que je croyais un peu connaître : par exemple, sur la question religieuse, comme je reprenais ce que j'avais accoutumé de dire en famille, il m'interrompait : « Oui, sans doute... mais c'est « plus compliqué que cela... » En effet, il pro- jetait dans le débat des clartés qui me parais-

saient admirables... Etaient-elles en somme si
admirables?... Je crois bien que je vomirais aujourd'hui ce ragoût : il disait qu'il avait longtemps cru que rien n'importait hors la recherche,
la poursuite de Dieu : « S'embarquer, prendre
« la mer, fuir comme la mort ceux qui se per-
« suadent d'avoir trouvé, s'immobilisent, bâ-
« tissent des abris pour y dormir; longtemps je
« les ai méprisés... »

« Il me demanda si j'avais lu *La Vie du Père
de Foucauld* par René Bazin; et comme j'affec-
tais de rire, il m'assura que ce livre l'avait bouleversé : « Vivre dangereusement, au sens pro-
« fond, ajouta-t-il, ce n'est peut-être pas tant de
« chercher Dieu que de le trouver et, l'ayant
« découvert, que de demeurer dans son orbite. »
Il me décrivit : « la grande aventure des mys-
« tiques », se plaignit de son tempérament qui
lui interdisait de la tenter, « mais aussi loin
« qu'allait son souvenir, il ne se rappelait pas
« avoir été pur ».

« Tant d'impudeur, cette facilité à se livrer,
que cela me changeait de la discrétion provinciale, du silence que chez nous chacun garde sur
sa vie intérieure! Les ragots de Saint-Clair ne
touchent qu'aux apparences : les cœurs ne se

découvrent jamais. Que sais-je de Bernard, au
fond? N'y a-t-il pas en lui infiniment plus que
cette caricature dont je me contente, lorsqu'il
faut me le représenter? Jean parlait et je demeu-
rais muette : rien ne me venait aux lèvres que
les phrases habituelles dans nos discussions de
famille. De même qu'ici toutes les voitures sont
« à la voie », c'est-à-dire assez larges pour que
les roues correspondent exactement aux ornières
des charrettes, toutes mes pensées, jusqu'à ce
jour, avaient été « à la voie » de mon père, de
mes beaux-parents. Jean Azévédo allait tête nue;
je revois cette chemise ouverte sur une poitrine
d'enfant, son cou trop fort. Ai-je subi un charme
physique? Ah! Dieu, non! Mais il était le premier homme que je rencontrais et pour qui
comptait, plus que tout, la vie de l'esprit. Ses
maîtres, ses amis parisiens dont il me rappelait
sans cesse les propos ou les livres, me défendaient
de le considérer ainsi qu'un phénomène : il faisait partie d'une élite nombreuse, « ceux qui
existent », disait-il. Il citait des noms, n'imagi-
nant même pas que je les pusse ignorer; et je fei-
gnais de ne pas les entendre pour la première fois.

« Lorsqu'au détour de la route apparut le
champ d'Argelouse : « Déjà! » m'écriai-je. Des

fumées d'herbes brûlées traînaient au ras de
cette pauvre terre qui avait donné son seigle;
par une entaille dans le talus, un troupeau coulait comme du lait sale et paraissait brouter le
sable. Il fallait que Jean traversât le champ pour
atteindre Vilméja. Je lui dis : « Je vous accom-
« pagne; toutes ces questions me passionnent. »
Mais nous ne trouvâmes plus rien à nous dire.
Les tiges coupées du seigle, à travers les san-
dales, me faisaient mal. J'avais le sentiment qu'il
souhaitait d'être seul, sans doute pour suivre à
loisir une pensée qui lui était venue. Je lui
fis remarquer que nous n'avions pas parlé
d'Anne; il m'assura que nous n'étions pas libres
de choisir le sujet de nos colloques, ni d'ailleurs
de nos méditations : « ou alors, ajouta-t-il avec
« superbe, il faut se plier aux méthodes inven-
« tées par les mystiques... Les êtres comme nous
« suivent toujours des courants, obéissent à des
« pentes... » ainsi ramenait-il tout à ses lectures
de ce moment-là. Nous prîmes rendez-vous pour
arrêter, au sujet d'Anne, un plan de conduite.
Il parlait distraitement et, sans répondre à une
question que je lui faisais, il se baissa : d'un
geste d'enfant, il me montrait un cèpe, qu'il
approcha de son nez, de ses lèvres. »

VII

BERNARD, sur le seuil, guettait le retour de Thérèse : « Je n'ai rien! Je n'ai rien! cria-t-il, dès
qu'il aperçut sa robe dans l'ombre. Crois-tu que,
bâti comme tu me vois, je suis anémique? C'est
à ne pas croire et c'est pourtant vrai : il ne faut
pas se fier à l'apparence; je vais suivre un traitement... le traitement Fowler : c'est de l'arsenic; l'important est que je retrouve l'appétit. »

Thérèse se souvient que d'abord elle ne s'ir-
rita pas : tout ce qui lui venait de Bernard l'at-
teignait moins que d'habitude (comme si le coup
eût été porté de plus loin). Elle ne l'entendait
pas, le corps et l'âme orientés vers un autre
univers où vivent des êtres avides et qui ne
souhaitent que connaître, que comprendre — et,
selon un mot qu'avait répété Jean avec un air
de satisfaction profonde, « devenir ce qu'ils

sont ». Comme à table, elle parlait enfin de sa
rencontre, Bernard lui cria : « Tu ne me le
disais pas? quel drôle de type tu es tout de
même! Eh bien? Qu'est-ce que vous avez décidé? »

Elle improvisa aussitôt le plan qui devait être
en effet suivi : Jean Azévédo acceptait d'écrire
une lettre à Anne où il saurait en douceur lui
enlever tout espoir. Bernard s'était esclaffé
lorsque Thérèse lui avait soutenu que le jeune
homme ne tenait pas du tout à ce mariage : un
Azévédo ne pas tenir à épouser Anne de la
Trave! « Ah! çà, tu es folle? Tout simplement,
il sait qu'il n'y a rien à faire; ces gens-là ne se
risquent pas lorsqu'ils sont sûrs de perdre. Tu es
encore naïve, ma petite. »

A cause des moustiques, Bernard n'avait pas
voulu que la lampe fût allumée; ainsi ne vit-il
pas le regard de Thérèse. « Il avait retrouvé
appétit », comme il disait. Déjà le médecin de
Bordeaux lui avait rendu la vie.

« Ai-je souvent revu Jean Azévédo? Il a quitté
Argelouse vers la fin d'octobre... Peut-être fîmes-
nous cinq ou six promenades; je n'isole que celle
où nous nous occupâmes de rédiger ensemble

la lettre pour Anne. Le naïf garçon s'arrêtait à des formules qu'il croyait apaisantes, et dont je sentais, sans lui en rien dire, toute l'horreur. Mais nos dernières courses, je les confonds dans un souvenir unique. Jean Azévédo me décrivait Paris, ses camaraderies, et j'imaginais un royaume dont la loi eût été de « devenir soi-même ». « Ici vous êtes condamnée au men-« songe jusqu'à la mort. » Prononçait-il de telles paroles avec intention? De quoi me soupçonnait-il? C'était impossible, à l'entendre, que je pusse supporter ce climat étouffant : « Regar-« dez, me disait-il, cette immense et uniforme « surface de gel où toutes les âmes ici sont « prises; parfois une crevasse découvre l'eau « noire : quelqu'un s'est débattu, a disparu; la « croûte se reforme... car chacun, ici comme ail-« leurs, naît avec sa loi propre; ici comme ail-« leurs, chaque destinée est particulière; et pour-« tant, il faut se soumettre à ce morne des-« tin commun; quelques-uns résistent : d'où ces « drames sur lesquels les familles font silence. « Comme on dit ici : « Il faut faire le silence... »

« — Ah! oui! m'écriai-je. Parfois je me suis « enquise de tel grand-oncle, de telle aïeule, dont « les photographies ont disparu de tous les

« albums, et je n'ai jamais recueilli de réponse,
« sauf, une fois, cet aveu : « Il a disparu... on
« l'a fait disparaître. »

« Jean Azévédo redoutait-il pour moi ce destin? Il assurait que l'idée ne lui serait pas venue
d'entretenir Anne de ces choses, parce que, en
dépit de sa passion, elle était une âme toute
simple, à peine rétive, et qui bientôt serait asser-
vie : « Mais vous! Je sens dans toutes vos paroles
« une faim et une soif de sincérité... » Faudra-
t-il rapporter exactement ces propos à Bernard?
Folie d'espérer qu'il y puisse rien entendre!
Qu'il sache, en tout cas, que je ne me suis pas
rendue sans lutte. Je me rappelle avoir opposé
au garçon qu'il parait de phrases habiles le plus
vil consentement à la déchéance. J'eus même
recours à des souvenirs de lectures morales qu'on
nous faisait au lycée. « Etre soi-même? répé-
« tai-je, mais nous ne sommes que dans la me-
« sure où nous nous créons. » (Inutile de développer; mais peut-être faudra-t-il développer
pour Bernard.) Azévédo niait qu'il existât une
déchéance pire que celle de se renier. Il prétendait qu'il n'était pas de héros ni de saint qui
n'eût fait plus d'une fois le tour de soi-même,
qui n'eût d'abord atteint toutes ses limites : « Il

« faut se dépasser pour trouver Dieu », répétait-il. Et encore : « S'accepter, cela oblige les
« meilleurs d'entre nous à s'affronter eux-mêmes,
« mais à visage découvert et dans un combat
« sans ruse. Et c'est pourquoi il arrive souvent
« que ces affranchis se convertissent à la religion
« la plus étroite. »

« Ne pas discuter avec Bernard le bien-fondé
de cette morale — lui accorder même que ce
sont là sans doute de pauvres sophismes; mais
qu'il comprenne, qu'il s'efforce de comprendre
jusqu'où une femme de mon espèce en pouvait
être atteinte et ce que j'éprouvais, le soir, dans
la salle à manger d'Argelouse : Bernard, au fond
de la cuisine proche, enlevait ses bottes, racontait en patois les prises de la journée. Les palombes captives se débattaient, gonflaient le sac
jeté sur la table; Bernard mangeait lentement,
tout à la joie de l'appétit reconquis — comptait
avec amour les gouttes de « Fowler » : « C'est
« la santé », répétait-il. Un grand feu brûlait
et, au dessert, il n'avait qu'à tourner son fauteuil, pour tendre à la flamme ses pieds chaussés
de feutres. Ses yeux se fermaient sur *La Petite
Gironde*. Parfois il ronflait, mais aussi souvent
je ne l'entendais même pas respirer. Les savates

de Balionte traînaient encore à la cuisine; puis
elle apportait les bougeoirs. Et c'était le silence :
le silence d'Argelouse! Les gens qui ne connaissent pas cette lande perdue ne savent pas ce
qu'est le silence : il cerne la maison, comme
solidifié dans cette masse épaisse de forêt où rien
ne vit, hors parfois une chouette ululante (nous
croyons entendre, dans la nuit, le sanglot que
nous retenions).

« Ce fut surtout après le départ d'Azévédo
que je l'ai connu, ce silence. Tant que je savais
qu'au jour Jean de nouveau m'apparaîtrait, sa
présence rendait inoffensives les ténèbres exté-
rieures; son sommeil proche peuplait les landes
et la nuit. Dès qu'il ne fut plus à Argelouse,
après cette rencontre dernière où il me donna
rendez-vous dans un an, plein de l'espoir, me
disait-il, qu'à cette époque je saurais me délivrer (j'ignore encore aujourd'hui s'il parlait ainsi
légèrement ou avec une arrière-pensée. J'incline
à croire que ce Parisien n'en pouvait plus de
silence, du silence d'Argelouse, et qu'il adorait
en moi son unique auditoire), dès que je l'eus
quitté, je crus pénétrer dans un tunnel indéfini,
m'enfoncer dans une ombre sans cesse accrue;
et parfois je me demandais si j'atteindrais enfin

l'air libre avant l'asphyxie. Jusqu'à mes couches,
en janvier, rien n'arriva... »

Ici, Thérèse hésite; s'efforce de détourner sa
pensée de ce qui se passa dans la maison d'Argelouse, le surlendemain du départ de Jean :
« Non, non, songe-t-elle, cela n'a rien à voir avec
ce que je devrai tout à l'heure expliquer à Bernard; je n'ai pas de temps à perdre sur des pistes
qui ne mènent à rien. » Mais la pensée est
rétive; impossible de l'empêcher de courir où
elle veut : Thérèse n'anéantira pas dans son souvenir ce soir d'octobre. Au premier étage, Bernard se déshabillait; Thérèse attendait que la
bûche fût tout à fait consumée pour le rejoindre — heureuse de demeurer seule un instant : que faisait Jean Azévédo à cette heure?
Peut-être buvait-il dans ce petit bar dont il lui
avait parlé; peut-être (tant la nuit était douce)
roulait-il, en auto, avec un ami, dans le bois
de Boulogne désert. Peut-être travaillait-il à sa
table, et Paris grondait au loin; le silence, c'était
lui qui le créait, qui le conquérait sur le vacarme
du monde; il ne lui était pas imposé du
dehors comme celui qui étouffait Thérèse; ce
silence était son œuvre et ne s'étendait pas plus

loin que la lueur de la lampe, que les rayons
chargés de livres... Ainsi songeait Thérèse; et
voici que le chien aboya, puis gémit, et une voix
connue, une voix exténuée, dans le vestibule,
l'apaisait : Anne de la Trave ouvrit la porte;
elle arrivait de Saint-Clair à pied, dans la nuit
-- les souliers pleins de boue. Dans sa petite
figure vieillie, ses yeux brillaient. Elle jeta son
chapeau sur un fauteuil; demanda : « Où est-il? »

Thérèse et Jean, la lettre écrite et mise à la
poste, avaient cru cette affaire finie — très loin
d'imaginer qu'Anne pût ne pas lâcher prise —
comme si un être cédait à des raisons, à des rai-
sonnements lorsqu'il s'agit de sa vie même! Elle
avait pu tromper la surveillance de sa mère et
monter dans un train. Sur la route ténébreuse
d'Argelouse, la coulée de ciel clair entre les
cimes l'avait guidée. « Le tout était de le revoir;
si elle le revoyait, il serait reconquis; il fallait
le revoir. » Elle trébuchait, se tordait les pieds
dans les ornières, tant elle avait hâte d'atteindre
Argelouse. Et maintenant Thérèse lui dit que
Jean est parti, qu'il est à Paris. Anne fait non,
de la tête, elle ne la croit pas; elle a besoin de
ne pas la croire pour ne pas s'effondrer de fatigue et de désespoir :

« Tu mens comme tu as toujours menti. »

Et comme Thérèse protestait, elle ajouta :

« Ah! tu l'as bien, toi, l'esprit de famille! Tu poses pour l'affranchie... Mais depuis ton mariage, tu es devenue d'emblée une femme de la famille... Oui, oui, c'est entendu : tu as cru bien faire; tu me trahissais pour me sauver, hein? Je te fais grâce de tes explications. »

Comme elle rouvrait la porte, Thérèse lui demanda où elle allait.

« A Vilméja, chez lui.

— Je te répète qu'il n'y est plus depuis deux jours.

— Je ne te crois pas. »

Elle sortit. Thérèse alors alluma la lanterne accrochée dans le vestibule et la rejoignit :

« Tu t'égares, ma petite Anne : tu suis le chemin de Biourge. Vilméja, c'est par là. »

Elles traversèrent la brume qui débordait d'une prairie. Des chiens s'éveillèrent. Voici les chênes de Vilméja, la maison non pas endormie mais morte. Anne tourne autour de ce sépulcre vide, frappe à la porte des deux poings. Thérèse, immobile, a posé la lanterne dans l'herbe. Elle voit le fantôme léger de son amie se coller à chaque fenêtre du rez-de-chaussée. Sans doute

Anne répète-t-elle un nom, mais sans le crier,
sachant que c'est bien inutile. La maison, quelques instants, la cache; elle reparaît, atteint
encore la porte, glisse sur le seuil, les bras noués
autour des genoux où sa figure se dérobe. Thérèse la relève, l'entraîne. Anne, trébuchant, répète : « Je partirai demain matin pour Paris.
Paris n'est pas si grand; je le trouverai dans
Paris... » mais du ton d'une enfant à bout de
résistance et qui déjà s'abandonne.

Bernard, éveillé par le bruit de leurs voix, les
attendait en robe de chambre, dans le salon.
Thérèse a tort de chasser le souvenir de la scène
qui éclata entre le frère et la sœur. Cet homme
capable de prendre rudement les poignets d'une
petite fille exténuée, de la traîner jusqu'à une
chambre du deuxième, d'en verrouiller la porte,
c'est ton mari, Thérèse : ce Bernard qui, d'ici
deux heures, sera ton juge. L'esprit de famille
l'inspire, le sauve de toute hésitation. Il sait toujours, en toute circonstance, ce qu'il convient
de faire dans l'intérêt de la famille. Pleine d'angoisse, tu prépares un long plaidoyer; mais seuls
les hommes sans principes peuvent céder à une
raison étrangère. Bernard se moque bien de tes
arguments : « Je sais ce que j'ai à faire. » Il

sait toujours ce qu'il a à faire. Si parfois il hésite, il dit : « Nous en avons parlé en famille et nous avons jugé que... »; comment peux-tu douter qu'il n'ait préparé sa sentence? Ton sort est fixé à jamais : tu ferais aussi bien de dormir.

VIII

Après que les La Trave eurent ramené Anne
vaincue à Saint-Clair, Thérèse, jusqu'aux ap-
proches de sa délivrance, n'avait plus quitté
Argelouse. Elle en connut vraiment le silence,
durant ces nuits démesurées de novembre. Une
lettre adressée à Jean Azévédo était demeurée
sans réponse. Sans doute estimait-il que cette
provinciale ne valait pas l'ennui d'une corres-
pondance. D'abord, une femme enceinte, cela
ne fait jamais un beau souvenir. Peut-être, à dis-
tance, jugeait-il Thérèse fade, cet imbécile que
de fausses complications, des attitudes eussent
retenu! Mais que pouvait-il comprendre à cette
simplicité trompeuse, à ce regard direct, à ces
gestes jamais hésitants? Au vrai, il la croyait capable, comme la petite Anne, de le prendre au

mot, de quitter tout et de le suivre. Jean Azévédo se méfiait des femmes qui rendent les
armes trop tôt pour que l'assaillant ait le loisir
de lever le siège. Il ne redoutait rien autant que
la victoire, que le fruit de la victoire. Thérèse,
pourtant, s'efforçait de vivre dans l'univers de
ce garçon; mais des livres que Jean admirait,
et qu'elle avait fait venir de Bordeaux, lui pa-
rurent incompréhensibles. Quel désœuvrement!
Il ne fallait pas lui demander de travailler à
la layette : « Ce n'était pas sa partie », répétait
Mme de la Trave. Beaucoup de femmes meurent
en couches, à la campagne. Thérèse faisait pleurer tante Clara en affirmant qu'elle finirait
comme sa mère, qu'elle était sûre de n'en pas
réchapper. Elle ne manquait pas d'ajouter que
« ça lui était égal de mourir ». Mensonge! Jamais elle n'avait désiré si ardemment de vivre;
jamais non plus Bernard ne lui avait montré
tant de sollicitude : « Il se souciait non de moi,
mais de ce que je portais dans mes flancs. En
vain, de son affreux accent, rabâchait-il : « Re-
« prends de la purée... Ne mange pas de pois-
« son... Tu as assez marché aujourd'hui... » Je
n'en étais pas plus touchée que ne l'est une
nourrice étrangère que l'on étrille pour la qua-

lité de son lait. Les La Trave vénéraient en moi
un vase sacré; le réceptacle de leur progéniture;
aucun doute que, le cas échéant, ils m'eussent
sacrifiée à cet embryon. Je perdais le sentiment
de mon existence individuelle. Je n'étais que le
sarment; aux yeux de la famille, le fruit attaché
à mes entrailles comptait seul. »

« Jusqu'à la fin de décembre, il fallut vivre
dans ces ténèbres. Comme si ce n'eût pas été
assez des pins innombrables, la pluie ininter-
rompue multipliait autour de la sombre maison
ses millions de barreaux mouvants. Lorsque
l'unique route de Saint-Clair menaça de devenir impraticable, je fus ramenée au bourg, dans
la maison à peine moins ténébreuse que celle
d'Argelouse. Les vieux platanes de la Place dis-
putaient encore leurs feuilles au vent pluvieux.
Incapable de vivre ailleurs qu'à Argelouse, tante
Clara ne voulut pas s'établir à mon chevet; mais
elle faisait souvent la route, par tous les temps,
dans son cabriolet « à la voie »; elle m'apportait ces chatteries que j'avais tant aimées, petite
fille, et qu'elle croyait que j'aimais encore, ces
boules grises de seigle et de miel, appelées
miques; le gâteau dénommé fougasse ou rou-

madjade. Je ne voyais Anne qu'aux repas, et elle ne m'adressait plus la parole; résignée, semblait-il, réduite, elle avait perdu d'un coup sa fraîcheur. Ses cheveux trop tirés découvraient de vilaines oreilles pâles. On ne prononçait pas le nom du fils Deguilhem, mais Mme de la Trave affirmait que si Anne ne disait pas oui encore, elle ne disait plus non. Ah! Jean l'avait bien jugée : il n'avait pas fallu longtemps pour lui passer la bride et pour la mettre au pas. Bernard allait moins bien parce qu'il avait recommencé de boire des apéritifs. Quelles paroles échangeaient ces êtres autour de moi? Ils s'entretenaient beaucoup du curé, je me souviens (nous habitions en face du presbytère). On se demandait, par exemple, « pourquoi il avait traversé « quatre fois la place dans la journée, et « chaque fois il avait dû rentrer par un autre « chemin... »

Sur quelques propos de Jean Azévédo, Thérèse prêtait plus d'attention à ce prêtre jeune encore, sans communication avec ses paroissiens qui le trouvaient fier : « Ce n'est pas le genre qu'il faut ici. » Durant ses rares visites chez les La Trave, Thérèse observait ses tempes blanches, ce haut front. Aucun ami. Comment passait-il ses soirées?

Pourquoi avait-il choisi cette vie? « Il est très
exact, disait Mme de la Trave; il fait son adoration tous les soirs; mais il manque d'onction,
je ne le trouve pas ce qui s'appelle pieux. Et
pour les œuvres, il laisse tout tomber. » Elle
déplorait qu'il eût supprimé la fanfare du pa-
tronage; les parents se plaignaient de ce qu'il
n'accompagnait plus les enfants sur le terrain
de football : « C'est très joli d'avoir toujours le
nez dans ses livres, mais une paroisse est vite
perdue. » Thérèse, pour l'entendre, fréquenta
l'église. « Vous vous y décidez, ma petite, juste
au moment où votre état vous en aurait dis-
pensée. » Les prônes du curé, touchant le dogme
ou la morale, étaient impersonnels. Mais Thérèse s'intéressait à une inflexion de voix, à un
geste; un mot parfois semblait plus lourd... Ah!
lui, peut-être, aurait-il pu l'aider à débrouiller
en elle ce monde confus; différent des autres,
lui aussi avait pris un parti tragique; à sa solitude intérieure, il avait ajouté ce désert que
crée la soutane autour de l'homme qui la revêt.
Quel réconfort puisait-il dans ces rites quoti-
diens? Thérèse aurait voulu assister à sa messe
dans la semaine, alors que, sans autre témoin
que l'enfant de chœur, il murmurait des pa-

roles, courbé sur un morceau de pain. Mais cette démarche eût paru étrange à sa famille et aux gens du bourg, on aurait crié à la conversion.

Autant que Thérèse ait souffert à cette époque, ce fut au lendemain de ses couches qu'elle commença vraiment de ne pouvoir plus supporter la vie. Rien n'en paraissait à l'extérieur; aucune scène entre elle et Bernard; et elle montrait plus de déférence envers ses beaux-parents que ne le faisait son mari lui-même. C'était là le tragique; qu'il n'y eût pas une raison de rupture; l'événement était impossible à prévoir qui aurait empêché les choses d'aller leur train jusqu'à la mort. La mésentente suppose un terrain de rencontre où se heurter; mais Thérèse ne rencontrait jamais Bernard, et moins encore ses beaux-parents; leurs paroles ne l'atteignaient guère; l'idée ne lui venait pas qu'il fût nécessaire d'y répondre. Avaient-ils seulement un vocabulaire commun? Ils donnaient aux mots essentiels un sens différent. Si un cri sincère échappait à Thérèse, la famille avait admis, une fois pour toutes, que la jeune femme adorait les boutades. « Je fais semblant de ne pas entendre, disait Mme de la Trave, et si elle insiste, de n'y

pas attacher d'importance; elle sait qu'avec nous
ça ne prend pas... »

Pourtant Mme de la Trave supportait mal,
chez Thérèse, cette affectation de ne pouvoir
souffrir que les gens fissent des cris sur sa res-
semblance avec la petite Marie. Les exclamations
coutumières : (« Celle-là, vous ne pouvez pas la
renier... ») jetaient la jeune femme dans des
sentiments extrêmes qu'elle ne savait pas toujours dissimuler. « Cette enfant n'a rien de moi,
insistait-elle. Voyez cette peau brune, ces yeux
de jais. Regardez mes photos : j'étais une petite
fille blafarde. »

Elle ne voulait pas que Marie lui ressemblât.
Avec cette chair détachée de la sienne, elle désirait ne plus rien posséder en commun. Le bruit
commençait de courir que le sentiment maternel
ne l'étouffait pas. Mais Mme de la Trave assurait qu'elle aimait sa fille à sa manière : « Bien
sûr, il ne faut pas lui demander de surveiller
son bain ou de changer ses couches : ce n'est
pas dans ses cordes; mais je l'ai vue demeurer
des soirées entières, assise auprès du berceau, se
retenant de fumer pour regarder la petite dormir... D'ailleurs nous avons une bonne très sé-
rieuse; et puis Anne est là; ah! celle-là, je vous

jure que ce sera une fameuse petite maman... »
Depuis qu'un enfant respirait dans la maison,
c'était vrai qu'Anne avait recommencé de vivre.
Toujours un berceau attire les femmes; mais
Anne, plus qu'aucune autre, maniait l'enfant
avec une profonde joie. Pour pénétrer plus librement chez la petite, elle avait fait la paix avec
Thérèse, sans que rien ne subsistât de leur ten-
dresse ancienne, hors des gestes, des appellations
familières. La jeune fille redoutait surtout la
jalousie maternelle de Thérèse : « La petite me
connaît bien mieux que sa mère. Dès qu'elle me
voit, elle rit. L'autre jour, je l'avais dans mes
bras; elle s'est mise à hurler lorsque Thérèse a
voulu la prendre. Elle me préfère, au point que
j'en suis parfois gênée... »

Anne avait tort d'être gênée. Thérèse, à ce
moment de sa vie, se sentait détachée de sa fille
comme de tout le reste. Elle apercevait les êtres
et les choses et son propre corps et son esprit
même, ainsi qu'un mirage, une vapeur suspen-
due en dehors d'elle. Seul, dans ce néant, Bernard prenait une réalité affreuse : sa corpu-
lence, sa voix du nez, et ce ton péremptoire,
cette satisfaction. Sortir du monde... Mais comment? et où aller? Les premières chaleurs acca-

blaient Thérèse. Rien ne l'avertissait de ce
qu'elle était au moment de commettre. Que se
passa-t-il cette année-là? Elle ne se souvient d'aucun incident, d'aucune dispute; elle se rappelle
avoir exécré son mari plus que de coutume, le
jour de la Fête-Dieu, alors qu'entre les volets
mi-clos elle guettait la procession. Bernard était
presque le seul homme derrière le dais. Le vil-
lage, en quelques instants, était devenu désert,
comme si c'eût été un lion, et non un agneau,
qu'on avait lâché dans les rues... Les gens se ter-
raient pour n'être pas obligés de se découvrir
ou de se mettre à genoux. Une fois le péril
passé, les portes se rouvraient une à une. Thérèse dévisagea le curé, qui avançait les yeux
presque fermés, portant des deux mains cette
chose étrange. Ses lèvres remuaient : à qui par-
lait-il avec cet air de douleur? Et tout de suite,
derrière lui, Bernard « qui accomplissait son
devoir ».

Des semaines se succédèrent sans que tombât
une goutte d'eau. Bernard vivait dans la terreur
de l'incendie, et de nouveau souffrait de son
cœur. Cinq cents hectares avaient brûlé du côté
de Louchats : « Si le vent avait soufflé du nord,

mes pins de Balisac étaient perdus. » Thérèse
attendait elle ne savait quoi de ce ciel inalté-
rable. Il ne pleuvrait jamais plus... Un jour
toute la forêt crépiterait alentour, et le bourg
même ne serait pas épargné. Pourquoi les vil-
lages des Landes ne brûlent-ils jamais? Elle trouvait injuste que les flammes choisissent toujours
les pins, jamais les hommes. En famille, on dis-
cutait indéfiniment sur les causes du sinistre :
une cigarette jetée? la malveillance? Thérèse rê-
vait qu'une nuit elle se levait, sortait de la maison, gagnait la forêt la plus envahie de brandes,
jetait sa cigarette, jusqu'à ce qu'une immense
fumée ternît le ciel de l'aube... Mais elle chassait
cette pensée, ayant l'amour des pins dans le sang;
ce n'était pas aux arbres qu'allait sa haine.

La voici au moment de regarder en face l'acte
qu'elle a commis. Quelle explication fournir à
Bernard? Rien à faire que de lui rappeler point
par point comment la chose arriva. C'était ce
jour du grand incendie de Mano. Des hommes
entraient dans la salle à manger où la famille
déjeunait en hâte. Les uns assuraient que le feu
paraissait très éloigné de Saint-Clair; d'autres
insistaient pour que sonnât le tocsin. Le parfum

de la résine brûlée imprégnait ce jour torride
et le soleil était comme sali. Thérèse revoit Bernard, la tête tournée, écoutant le rapport de
Balion, tandis que sa forte main velue s'oublie
au-dessus du verre et que les gouttes de Fowler
tombent dans l'eau. Il avale d'un coup le remède
sans, qu'abrutie de chaleur, Thérèse ait songé
à l'avertir qu'il a doublé sa dose habituelle. Tout
le monde a quitté la table — sauf elle qui ouvre
des amandes fraîches, indifférente, étrangère à
cette agitation, désintéressée de ce drame, comme
de tout drame autre que le sien. Le tocsin ne
sonne pas. Bernard rentre enfin : « Pour une
fois, tu as eu raison de ne pas t'agiter : c'est
du côté de Mano que ça brûle... » Il demande :
« Est-ce que j'ai pris mes gouttes? » et sans
attendre la réponse, de nouveau il en fait tomber
dans son verre. Elle s'est tue par paresse, sans
doute, par fatigue. Qu'espère-t-elle à cette minute? « Impossible que j'aie prémédité de me
taire. »

Pourtant, cette nuit-là, lorsqu'au chevet de
Bernard vomissant et pleurant, le docteur Pédemay l'interrogea sur les incidents de la journée,
elle ne dit rien de ce qu'elle avait vu à table.
Il eût été pourtant facile, sans se compromettre,

THÉRÈSE DESQUEYROUX   113

d'attirer l'attention du docteur sur l'arsenic que
prenait Bernard. Elle aurait pu trouver une
phrase comme celle-ci : « Je ne m'en suis pas
rendu compte au moment même... Nous étions
tous affolés par cet incendie... mais je jurerais,
maintenant, qu'il a pris une double dose... » Elle
demeura muette; éprouva-t-elle seulement la
tentation de parler? L'acte qui, durant le déjeuner, était déjà en elle à son insu, commença
alors d'émerger du fond de son être — informe
encore, mais à demi baigné de conscience.

Après le départ du docteur, elle avait regardé
Bernard endormi enfin; elle songeait : « Rien
ne prouve que ce soit *cela;* ce peut être une
crise d'appendicite, bien qu'il n'y ait aucun autre
symptôme... ou un cas de grippe infectieuse. »
Mais Bernard, le surlendemain, était sur pied.
« Il y avait des chances pour que ce fût *cela.* »
Thérèse ne l'aurait pas juré; elle aurait aimé à
en être sûre. « Oui, je n'avais pas du tout le
sentiment d'être la proie d'une tentation horrible; il s'agissait d'une curiosité un peu dange-
reuse à satisfaire. Le premier jour où, avant que
Bernard entrât dans la salle, je fis tomber des
gouttes de Fowler dans son verre, je me souviens d'avoir répété : « Une seule fois, pour en

« avoir le cœur net... je saurai si c'est cela qui l'a
« rendu malade. Une seule fois, et ce sera fini. »

Le train ralentit, siffle longuement, repart.
Deux ou trois feux dans l'ombre : la gare de
Saint-Clair. Mais Thérèse n'a plus rien à examiner; elle s'est engouffrée dans le crime béant;
elle a été aspirée par le crime; ce qui a suivi,
Bernard le connaît aussi bien qu'elle-même :
cette soudaine reprise de son mal, et Thérèse le
veillant nuit et jour, quoiqu'elle parût à bout
de forces et qu'elle fût incapable de rien avaler
(au point qu'il la persuada d'essayer du traitement Fowler et qu'elle obtint du docteur Pédemay une ordonnance). Pauvre docteur! Il s'étonnait de ce liquide verdâtre que vomissait Bernard; il n'aurait jamais cru qu'un tel désaccord
pût exister entre le pouls d'un malade et sa
température; il avait maintes fois constaté dans
la paratyphoïde un pouls calme en dépit d'une
forte fièvre — mais que pouvaient signifier ces
pulsations précipitées et cette température au-
dessous de la normale? Grippe infectieuse, sans
doute : la grippe, cela dit tout.

Mme de la Trave songeait à faire venir un
grand médecin consultant, mais ne voulait pas

froisser le docteur, ce vieil ami; et puis Thérèse craignait de frapper Bernard. Pourtant, vers la mi-août, après une crise plus alarmante, Péde-may, de lui-même, souhaita l'avis d'un de ses confrères; heureusement, dès le lendemain, l'état de Bernard s'améliorait; trois semaines plus tard, on parlait de convalescence. « Je l'ai échappé belle, disait Pédemay. Si le grand homme avait eu le temps de venir, il aurait obtenu toute la gloire de cette cure. »

Bernard se fit transporter à Argelouse, comp-tant bien être guéri pour la chasse à la palombe. Thérèse se fatigua beaucoup à cette époque : une crise aiguë de rhumatismes retenait au lit tante Clara; tout retombait sur la jeune femme : deux malades, un enfant; sans compter les be-sognes que tante Clara avait laissées en suspens. Thérèse mit beaucoup de bonne volonté à la relayer auprès des pauvres gens d'Argelouse. Elle fit le tour des métairies, s'occupa, comme sa tante, de faire exécuter les ordonnances, paya de sa bourse les remèdes. Elle ne songea pas à s'attrister de ce que la métairie de Vilméja de-meurait close. Elle ne pensait plus à Jean Azé-védo, ni à personne au monde. Elle traversait, seule, un tunnel, vertigineusement; elle en était

au plus obscur; il fallait, sans réfléchir, comme
une brute, sortir de ces ténèbres, de cette fumée,
atteindre l'air libre, vite! vite!

Au début de décembre, une reprise de son mal
terrassa Bernard : un matin, il s'était réveillé
grelottant, les jambes inertes et insensibles. Et
ce qui suivit! Le médecin consultant amené un
soir de Bordeaux par M. de la Trave; son long
silence, après qu'il eut examiné le malade (Thérèse tenait la lampe et Balionte se souvient
encore qu'elle était plus blanche que les draps);
sur le palier mal éclairé, Pédemay, baissant la
voix à cause de Thérèse aux écoutes, explique à
son confrère que Darquey, le pharmacien, lui
avait montré deux de ses ordonnances falsifiées :
à la première une main criminelle avait ajouté :
Liqueur de Fowler; sur l'autre figuraient d'assez
fortes doses de chloroforme, de digitaline, d'aconitine. Balion les avait apportées à la pharmacie, en même temps que beaucoup d'autres.
Darquey, tourmenté d'avoir livré ces toxiques,
avait couru, le lendemain, chez Pédemay... Oui,
Bernard connaît toutes ces choses aussi bien
que Thérèse elle-même. Une voiture sanitaire
l'avait transporté, d'urgence, à Bordeaux, dans
une clinique; et dès ce jour-là il commença

d'aller mieux. Thérèse était demeurée seule à Argelouse; mais quelle que fût sa solitude, elle percevait autour d'elle une immense rumeur; bête tapie qui entend se rapprocher la meute; accablée comme après une course forcenée — comme si, tout près du but, la main tendue déjà, elle avait été soudain précipitée à terre, les jambes rompues. Son père était venu un soir, à la fin de l'hiver, l'avait conjurée de se disculper. Tout pouvait être sauvé encore. Pédemay avait consenti à retirer sa plainte, prétendait n'être plus sûr qu'une de ses ordonnances ne fût pas tout entière de sa main. Pour l'aconitine, le chloroforme et la digitaline, il ne pouvait en avoir prescrit d'aussi fortes doses; mais puisque aucune trace n'en avait été relevée dans le sang du malade...

Thérèse se souvient de cette scène avec son père, au chevet de tante Clara. Un feu de bois éclairait la chambre; aucun d'eux ne désirait la lampe. Elle expliquait de sa voix monotone d'enfant qui récite une leçon (cette leçon qu'elle repassait durant ses nuits sans sommeil) : « J'ai rencontré sur la route un homme qui n'était pas d'Argelouse, et qui m'a dit que puisque j'envoyais quelqu'un chez Darquey, il espérait que

je voudrais bien me charger de son ordonnance;
il devait de l'argent à Darquey et aimait mieux
ne pas se montrer à la pharmacie... Il pro-
mettait de venir chercher les remèdes à la maison, mais ne m'a laissé ni son nom ni son
adresse...

— Trouve autre chose, Thérèse, je t'en sup-
plie au nom de la famille. Trouve autre chose,
malheureuse! »

Le père Larroque répétait ses objurgations,
avec entêtement; la sourde, à demi soulevée sur
ses oreillers, sentant peser sur Thérèse une me-
nace mortelle, gémissait : « Que te dit-il? Qu'est-
ce qu'on te veut? Pourquoi te fait-on du mal? »

Elle avait trouvé la force de sourire à sa tante,
de lui tenir la main, tandis que comme une
petite fille au catéchisme elle récitait : « C'était
un homme sur la route; il faisait trop noir pour
que j'aie vu sa figure; il ne m'a pas dit quelle
métairie il habitait. » Un autre soir, il était
venu chercher les remèdes. Par malheur, personne, dans la maison, ne l'avait aperçu.

IX

SAINT-CLAIR, enfin. A la descente du wagon, Thérèse ne fut pas reconnue. Pendant que Balion remettait son billet, elle avait contourné la gare et, à travers les planches empilées, rejoint la route où stationnait la carriole.

Cette carriole, maintenant, lui est un refuge; sur le chemin défoncé, elle ne redoute plus de rencontrer personne. Toute son histoire, péniblement reconstruite, s'effondre : rien ne reste de cette confession préparée. Non : rien à dire pour sa défense; pas même une raison à fournir; le plus simple sera de se taire, ou de répondre seulement aux questions. Que peut-elle redouter? Cette nuit passera, comme toutes les nuits; le soleil se lèvera demain : elle est assurée d'en sortir, quoi qu'il arrive. Et rien ne peut arriver

de pire que cette indifférence, que ce détachement total qui la sépare du monde et de son
être même. Oui, la mort dans la vie : elle
goûte la mort autant que la peut goûter une
vivante.

Ses yeux accoutumés à l'ombre reconnaissaient,
au tournant de la route, cette métairie où
quelques maisons basses ressemblent à des bêtes
couchées et endormies. Ici Anne, autrefois, avait
peur d'un chien qui se jetait toujours dans les
roues de sa bicyclette. Plus loin, des aulnes déce-
laient un bas-fond; dans les jours les plus torrides, une fraîcheur fugitive, à cet endroit, se
posait sur les joues en feu des jeunes filles. Un
enfant à bicyclette, dont les dents luisent sous
un chapeau de soleil, le son d'un grelot, une
voix qui crie : « Regardez! je lâche les deux
mains! » cette image confuse retient Thérèse,
tout ce qu'elle trouve, dans ces jours finis, pour y
reposer un cœur à bout de forces. Elle répète
machinalement des mots rythmés sur le trot du
cheval : « Inutilité de ma vie — néant de ma
vie — solitude sans bornes — destinée sans
issue. » Ah! le seul geste possible, Bernard ne
le fera pas. S'il ouvrait les bras pourtant, sans

rien demander! Si elle pouvait appuyer sa tête
sur une poitrine humaine, si elle pouvait pleurer
contre un corps vivant!

Elle aperçoit le talus du champ où Jean Azévédo, un jour de chaleur, s'est assis. Dire qu'elle
a cru qu'il existait un endroit du monde où elle
aurait pu s'épanouir au milieu d'êtres qui
l'eussent comprise, peut-être admirée, aimée!
Mais sa solitude lui est attachée plus étroitement
qu'au lépreux son ulcère : « Nul ne peut rien
pour moi; nul ne peut rien contre moi. »

« Voici monsieur et Mlle Clara. »

Balion tire sur les rênes. Deux ombres
s'avancent. Bernard, si faible encore, était donc
venu au-devant d'elle — impatient d'être ras-
suré. Elle se lève à demi, annonce de loin :
« Non-lieu! » Sans aucune autre réponse que :
« C'était couru! » Bernard aida la tante à grimper dans la carriole, et prit les rênes. Balion
rentrerait à pied. Tante Clara s'assit entre les
époux. Il fallut lui crier dans l'oreille que tout
était arrangé (elle n'avait d'ailleurs du drame
qu'une connaissance confuse). A son habitude, la
sourde commença de parler à perdre haleine;
elle disait qu'*ils* avaient toujours eu la même
tactique et que c'était l'affaire Dreyfus qui re-

commençait : « Calomniez, calomniez, il en restera toujours quelque chose. *Ils* étaient rudement forts et les républicains avaient tort de
ne plus se tenir sur leurs gardes. Dès qu'on
leur laisse le moindre répit, à ces bêtes puantes,
elles vous sautent dessus... » Ces jacassements
dispensaient les époux d'échanger aucune parole.

Tante Clara, soufflant, gravit l'escalier un
bougeoir à la main :

« Vous ne vous couchez pas? Thérèse doit
être fourbue. Tu trouveras dans la chambre
une tasse de bouillon, du poulet froid. »

Mais le couple demeurait debout dans le
vestibule. La vieille vit Bernard ouvrir la porte
du salon, s'effacer devant Thérèse, disparaître à
sa suite. Si elle n'avait pas été sourde, elle
aurait collé son oreille... mais on n'avait pas à se
méfier d'elle, emmurée vivante. Elle éteignit
sa bougie, pourtant redescendit à tâtons, mit
un œil à la serrure : Bernard déplaçait une
lampe; son visage vivement éclairé paraissait à
la fois intimidé et solennel. La tante aperçut
de dos Thérèse assise, elle avait jeté son manteau et sa toque sur un fauteuil; le feu faisait
fumer ses souliers mouillés. Un instant, elle

tourna la tête vers son mari et la vieille femme se réjouit de voir que Thérèse souriait.

Thérèse souriait. Dans le bref intervalle d'espace et de temps, entre l'écurie et la maison, marchant aux côtés de Bernard, soudain elle avait vu, elle avait cru voir ce qu'il importait qu'elle fît. La seule approche de cet homme avait réduit à néant son espoir de s'expliquer, de se confier. Les êtres que nous connaissons le mieux, comme nous les déformons dès qu'ils ne sont plus là! Durant tout ce voyage, elle s'était efforcée, à son insu, de recréer un Bernard capable de la comprendre, d'essayer de la comprendre — mais, du premier coup d'œil, il lui apparaissait tel qu'il était réellement, celui qui ne s'est jamais mis, fût-ce une fois dans sa vie, à la place d'autrui; qui ignore cet effort pour sortir de soi-même, pour voir ce que l'adversaire voit. Au vrai, Bernard l'écouterait-il seulement? Il arpentait la grande pièce humide et basse, et le plancher pourri par endroits craquait sous ses pas. Il ne regardait pas sa femme — tout plein des paroles qu'il avait dès longtemps préméditées. Et Thérèse, elle aussi, savait ce qu'elle allait dire. La solution la plus simple, c'est

toujours à celle-là que nous ne pensons jamais.
Elle allait dire : « Je disparais, Bernard. Ne vous
inquiétez pas de moi. Tout de suite, si vous
voulez, je m'enfonce dans la nuit. La forêt ne
me fait pas peur, ni les ténèbres. Elles me
connaissent; nous nous connaissons. J'ai été créée
à l'image de ce pays aride et où rien n'est vivant, hors les oiseaux qui passent, les sangliers
nomades. Je consens à être rejetée; brûlez toutes
mes photographies; que ma fille même ne sache
plus mon nom, que je sois aux yeux de la
famille comme si je n'avais jamais été. »

Et déjà Thérèse ouvre la bouche; elle dit :
« Laissez-moi disparaître, Bernard. »

Au son de cette voix, Bernard s'est retourné.
Du fond de la pièce, il se précipite, les veines
de la face gonflées; balbutie :

« Quoi? Vous osez avoir un avis? émettre un
vœu? Assez. Pas un mot de plus. Vous n'avez
qu'à écouter, qu'à recevoir mes ordres — à vous
conformer à mes décisions irrévocables. »

Il ne bégaie plus, rejoint maintenant les
phrases préparées avec soin. Appuyé à la cheminée, il s'exprime d'un ton grave, tire un
papier de sa poche, le consulte. Thérèse n'a plus
peur; elle a envie de rire; il est grotesque; c'est

un grotesque. Peu importe ce qu'il dit avec cet accent ignoble et qui fait rire partout ailleurs qu'à Saint-Clair, elle partira. Pourquoi tout ce drame? Cela n'aurait eu aucune importance que cet imbécile disparût du nombre des vivants. Elle remarque, sur le papier qui tremble, ses ongles mal tenus; il n'a pas de manchettes, il est de ces campagnards ridicules hors de leur trou, et dont la vie n'importe à aucune cause, à aucune idée, à aucun être. C'est par habitude que l'on donne une importance infinie à l'existence d'un homme. Robespierre avait raison; et Napoléon, et Lénine... Il la voit sourire; s'exaspère, hausse le ton, elle est obligée d'écouter :

« Moi, je vous tiens; comprenez-vous? Vous obéirez aux décisions arrêtées en famille, sinon...

— Sinon... quoi? »

Elle ne songeait plus à feindre l'indifférence; elle prenait un ton de bravade et de moquerie; elle criait :

« Trop tard! Vous avez témoigné en ma faveur; vous ne pouvez plus vous déjuger. Vous seriez convaincu de faux témoignage...

— On peut toujours découvrir un fait nouveau. Je la détiens dans mon secrétaire, cette

preuve inédite. Il n'y a pas prescription, Dieu
merci! »

Elle tressaillit, demanda :

« Que voulez-vous de moi? »

Il consulte ses notes et, durant quelques secondes, Thérèse demeure attentive au silence
prodigieux d'Argelouse. L'heure des coqs est
encore éloignée; aucune eau vive ne court dans
ce désert, aucun vent n'émeut les cimes innombrables.

« Je ne cède pas à des considérations person-
nelles. Moi, je m'efface : la famille compte seule.
L'intérêt de la famille a toujours dicté toutes
mes décisions. J'ai consenti, pour l'honneur de la
famille, à tromper la justice de mon pays. Dieu
me jugera. »

Ce ton pompeux faisait mal à Thérèse. Elle
aurait voulu le supplier de s'exprimer plus simplement.

« Il importe, pour la famille, que le monde
nous croie unis et qu'à ses yeux je n'aie pas
l'air de mettre en doute votre innocence. D'autre
part, je veux me garder le mieux possible...

— Je vous fais peur, Bernard? »

Il murmura : « Peur? Non : horreur. » Puis :
« Faisons vite et que tout soit dit une fois

pour toutes : demain, nous quitterons cette
maison pour nous établir à côté, dans la maison Desqueyroux; je ne veux pas de votre tante
chez moi. Vos repas vous seront servis par Balionte dans votre chambre. L'accès de toutes les
autres pièces vous demeure interdit; mais je ne
vous empêcherai pas de courir les bois. Le
dimanche, nous assisterons ensemble à la grand-
messe, dans l'église de Saint-Clair. Il faut qu'on
vous voie à mon bras; et le premier jeudi du
mois nous irons, en voiture ouverte, à la foire
de B., chez votre père, comme nous avons toujours fait.

— Et Marie?

— Marie part demain avec sa bonne pour
Saint-Clair, puis ma mère l'amènera dans le
Midi. Nous trouverons une raison de santé.
Vous n'espériez tout de même pas qu'on allait
vous la laisser? Il faut la mettre à l'abri, elle
aussi! Moi disparu, c'est elle qui, à vingt et un
ans, aurait eu la propriété. Après le mari, l'enfant... pourquoi pas? »

Thérèse s'est levée; elle retient un cri :

« Alors vous croyez que c'est à cause des pins
que j'ai... »

Entre les mille sources secrètes de son acte,

cet imbécile n'a donc su en découvrir aucune;
et il invente la cause la plus basse :

« Naturellement : à cause des pins... Pourquoi serait-ce? Il suffit de procéder par élimi-
nation. Je vous défie de m'indiquer un autre
mobile... Au reste, c'est sans importance et cela
ne m'intéresse plus; je ne me pose plus de questions; vous n'êtes plus rien; ce qui existe, c'est
le nom que vous portez, hélas! Dans quelques
mois, lorsque le monde sera convaincu de notre
entente, qu'Anne aura épousé le fils Deguilhem...
Vous savez que les Deguilhem exigent un délai,
qu'ils demandent à réfléchir... à ce moment-là,
je pourrai enfin m'établir à Saint-Clair; vous,
vous resterez ici. Vous serez neurasthénique, ou
autre chose...

— La folie, par exemple?

— Non, ça porterait tort à Marie. Mais
les raisons plausibles ne manqueront pas.
Voilà. »

Thérèse murmure : « A Argelouse... jusqu'à la
mort... » Elle s'approcha de la fenêtre, l'ouvrit.
Bernard, à cet instant, connut une vraie joie;
cette femme qui toujours l'avait intimidé et
humilié, comme il la domine, ce soir! comme
elle doit se sentir méprisée! Il éprouvait l'orgueil

de sa modération. Mme de la Trave lui répétait qu'il était un saint; toute la famille le louait de sa grandeur d'âme : il avait, pour la première fois, le sentiment de cette grandeur. Lorsque avec mille précautions, à la maison de santé, l'attentat de Thérèse lui avait été découvert, son sang-froid, qui lui attira tant de louanges, ne lui avait guère coûté d'efforts. Rien n'est vraiment grave pour les êtres incapables d'aimer; parce qu'il était sans amour, Bernard n'avait éprouvé que cette sorte de joie tremblante, après un grand péril écarté : ce que peut ressentir un homme à qui l'on révèle qu'il a vécu, durant des années, et à son insu, dans l'intimité d'un fou furieux. Mais, ce soir, Bernard avait le sentiment de sa force; il dominait la vie. Il admirait qu'aucune difficulté ne résiste à un esprit droit et qui raisonne juste; même au lendemain d'une telle tourmente, il était prêt à soutenir que l'on n'est jamais malheureux, sinon par sa faute. Le pire des drames, voilà qu'il l'avait *réglé* comme n'importe quelle autre affaire. Ça ne se saurait presque pas; il sauverait la face; on ne le plaindrait plus; il ne voulait pas être plaint. Qu'y a-t-il d'humiliant à avoir épousé un monstre, lorsque l'on a le dernier mot? La vie de garçon a du bon, d'ailleurs, et l'approche de la mort avait accru merveilleusement le goût qu'il avait des propriétés, de la chasse, de l'automobile, de ce qui se mange et de ce qui se boit : la vie, enfin!

Thérèse demeurait debout devant la fenêtre; elle voyait un peu de gravier blanc, sentait les chrysanthèmes qu'un grillage défend contre les troupeaux. Au-delà, une masse noire de chênes cachait les pins; mais leur odeur résineuse emplissait la nuit; pareils à l'armée ennemie, invisible mais toute proche, Thérèse savait qu'ils cernaient la maison. Ces gardiens, dont elle écoute la plainte sourde, la verraient languir au long des hivers, haleter durant les jours torrides; ils seraient les témoins de cet étouffement lent. Elle referme la fenêtre et s'approche de Bernard :

« Croyez-vous donc que vous me retiendrez de force?

— A votre aise... mais sachez-le bien : vous ne sortirez d'ici que les poings liés.

— Quelle exagération! Je vous connais : ne vous faites pas plus méchant que nature. Vous n'exposerez pas la famille à cette honte! Je suis bien tranquille. »

Alors, en homme qui a tout bien pesé, il lui expliqua que partir, c'était se reconnaître coupable. L'opprobre, dans ce cas, ne pouvait être évitée par la famille, qu'en s'amputant du membre gangrené, en le rejetant, en le reniant à la face des hommes.

« C'était même le parti auquel d'abord ma mère aurait voulu que nous nous arrêtions, figurez-vous! Nous avons été au moment de laisser la justice suivre son cours; et si ce n'avait été d'Anne et de Marie... Mais il est temps encore. Ne vous pressez pas de répondre. Je vous laisse jusqu'au jour. »

Thérèse dit à mi-voix :

« Mon père me reste.

— Votre père? mais nous sommes entièrement d'accord. Il a sa carrière, son parti, les idées qu'il représente : il ne pense qu'à étouffer le scandale, coûte que coûte. Reconnaissez au moins ce qu'il a fait pour vous. Si l'instruction a été bâclée, c'est bien grâce à lui... D'ailleurs, il a dû vous exprimer sa volonté formelle... Non? »

Bernard n'élevait plus le ton, redevenait presque courtois. Ce n'était pas qu'il éprouvât la moindre compassion. Mais cette femme, qu'il

n'entendait même plus respirer, gisait enfin; elle
avait trouvé sa vraie place. Tout rentrait dans
l'ordre. Le bonheur d'un autre homme n'eût
pas résisté à un tel coup : Bernard était fier
d'avoir réussi ce redressement; tout le monde
peut se tromper; tout le monde d'ailleurs, à
propos de Thérèse, s'était trompé — jusqu'à
Mme de la Trave qui, d'habitude, avait si vite
fait de juger son monde. C'est que les gens,
maintenant, ne tiennent plus assez compte des
principes; ils ne croient plus au péril d'une éducation comme celle qu'a reçue Thérèse; un
monstre, sans doute; tout de même on a beau
dire : si elle avait cru en Dieu... la peur est le
commencement de la sagesse. Ainsi songeait
Bernard. Et il se disait encore que tout le bourg,
impatient de savourer leur honte, serait bien
déçu, chaque dimanche, à la vue d'un ménage
aussi uni! Il lui tardait presque d'être à dimanche, pour voir la tête des gens!... D'ailleurs, la justice n'y perdrait rien. Il prit la
lampe, son bras levé éclairait la nuque de Thérèse :

« Vous ne montez pas encore? »

Elle ne parut pas l'entendre. Il sortit, la lais-
sant dans le noir. Au bas de l'escalier, tante

Clara était accroupie sur la première marche. Comme la vieille le dévisageait, il sourit avec effort, lui prit le bras pour qu'elle se levât. Mais elle résistait — vieux chien contre le lit de son maître qui agonise. Bernard posa la lampe sur le carreau, et cria dans l'oreille de la vieille que Thérèse déjà se sentait beaucoup mieux, mais qu'elle voulait demeurer seule quelques instants, avant d'aller dormir :

« Vous savez que c'est une de ses lubies! »

Oui, la tante le savait : ce fut toujours sa malchance d'entrer chez Thérèse au moment où la jeune femme souhaitait d'être seule. Souvent il avait suffi à la vieille d'entrouvrir la porte, pour se sentir importune.

Elle se mit debout avec effort, et, appuyée au bras de Bernard, gagna la pièce qu'elle occupait au-dessus du grand salon. Bernard y pénétra derrière elle, prit soin d'allumer une bougie sur la table, puis, l'ayant baisée au front, s'éloigna. La tante ne l'avait pas quitté des yeux. Que ne déchiffrait-elle sur les figures des hommes qu'elle n'entendait pas? Elle laisse à Bernard le temps de regagner sa chambre, rouvre doucement la porte... mais il est encore sur le palier, appuyé à la rampe : il roule une cigarette; elle rentre

en hâte, les jambes tremblantes, à bout de
souffle, au point de n'avoir pas la force de se
déshabiller. Elle demeure couchée sur son lit,
les yeux ouverts.

X

Au salon, Thérèse était assise dans le noir. Des tisons vivaient encore sous la cendre. Elle ne bougeait pas. Du fond de sa mémoire, surgissaient, maintenant qu'il était trop tard, des lambeaux de cette confession préparée durant le voyage; mais pourquoi se reprocher de ne s'en être pas servie? Au vrai, cette histoire trop bien construite demeurait sans lien avec la réalité. Cette importance qu'il lui avait plu d'attribuer aux discours du jeune Azévédo, quelle bêtise! Comme si cela avait pu compter le moins du monde! Non, non : elle avait obéi à une profonde loi, à une loi inexorable; elle n'avait pas détruit cette famille, c'était elle qui serait donc détruite; ils avaient raison de la considérer comme un monstre, mais elle aussi les jugeait monstrueux. Sans que rien ne parût au-dehors,

ils allaient, avec une lente méthode, l'anéantir.
« Contre moi, désormais, cette puissante méca-
nique familiale sera montée — faute de n'avoir
su ni l'enrayer ni sortir à temps des rouages.
Inutile de chercher d'autres raisons que celle-ci
« parce que c'étaient eux, parce que c'était moi... »
Me masquer, sauver la face, donner le change,
cet effort que je pus accomplir moins de deux
années, j'imagine que d'autres êtres (qui sont
mes semblables) y persévèrent souvent jusqu'à
la mort, sauvés par l'accoutumance peut-être,
chloroformés par l'habitude, abrutis, endormis
contre le sein de la famille maternelle et toute-
puissante. Mais moi, mais moi, mais moi... »

Elle se leva, ouvrit la fenêtre, sentit le froid
de l'aube. Pourquoi ne pas fuir? Cette fenêtre
seulement à enjamber. La poursuivraient-ils?
La livreraient-ils de nouveau à la justice? C'était
une chance à courir. Tout, plutôt que cette ago-
nie interminable. Déjà Thérèse traîne un fauteuil, l'appuie à la croisée. Mais elle n'a pas
d'argent; des milliers de pins lui appartiennent
en vain : sans l'entremise de Bernard, elle ne
peut toucher un sou. Autant vaudrait s'enfoncer à travers la lande, comme avait fait Daguerre, cet assassin traqué pour qui Thérèse en-

fant avait éprouvé tant de pitié (elle se souvient
des gendarmes auxquels Balionte versait du vin
dans la cuisine d'Argelouse) — et c'était le chien
des Desqueyroux qui avait découvert la piste du
misérable. On l'avait ramassé à demi mort de
faim dans la brande. Thérèse l'avait vu ligoté sur
une charrette de paille. On disait qu'il était mort
sur le bateau avant d'arriver à Cayenne. Un bateau... le bagne... Ne sont-ils pas capables de la
livrer comme ils l'ont dit? Cette preuve que
Bernard prétendait tenir... mensonge, sans doute;
à moins qu'il n'ait découvert, dans la poche de
la vieille pèlerine, ce paquet de poisons...

Thérèse en aura le cœur net. Elle s'engage à
tâtons dans l'escalier. A mesure qu'elle monte,
elle y voit plus clair à cause de l'aube qui, là-
haut, éclaire les vitres. Voici, sur le palier du
grenier, l'armoire où pendent les vieux vête-
ments — ceux qu'on ne donne jamais, parce
qu'ils servent durant la chasse. Cette pèlerine
délavée a une poche profonde : tante Clara y
rangeait son tricot, du temps qu'elle aussi, dans
un « jouquet » solitaire, guettait les palombes.
Thérèse y glisse la main, en retire le paquet
cacheté de cire :

Chloroforme   : 30 grammes.
Aconitine : granules n° 20.
Digitaline sol.   : 20 grammes.

Elle relit ces mots, ces chiffres. Mourir. Elle
a toujours eu la terreur de mourir. L'essentiel
est de ne pas regarder la mort en face — de
prévoir seulement les gestes indispensables :
verser l'eau, diluer la poudre, boire d'un trait,
s'étendre sur le lit, fermer les yeux. Ne chercher
à rien voir au-delà. Pourquoi redouter ce sommeil plus que tout autre sommeil? Si elle fris-
sonne, c'est que le petit matin est froid. Elle
descend, s'arrête devant la chambre où dort
Marie. La bonne y ronfle comme une bête
grogne. Thérèse pousse la porte. Les volets
filtrent le jour naissant. L'étroit lit de fer est
blanc dans l'ombre. Deux poings minuscules sont
posés sur le drap. L'oreiller noie un profil encore
informe. Thérèse reconnaît cette oreille trop
grande : son oreille. Les gens ont raison; une
réplique d'elle-même est là, engourdie, endormie. « Je m'en vais — mais cette part de moi-
même demeure et tout ce destin à remplir jusqu'au bout, dont pas un iota ne sera omis. »

Tendances, inclinations, lois du sang, lois iné-
luctables. Thérèse a lu que des désespérés em-
portent avec eux leurs enfants dans la mort; les
bonnes gens laissent choir le journal : « Comment des choses pareilles sont-elles possibles? »
Parce qu'elle est un monstre, Thérèse sent profondément que cela est possible et que pour un
rien... Elle s'agenouille, touche à peine de ses
lèvres une petite main gisante; elle s'étonne de
ce qui sourd du plus profond de son être, monte
à ses yeux, brûle ses joues : quelques pauvres
larmes, elle qui ne pleure jamais!

Thérèse se lève, regarde encore l'enfant, passe
enfin dans sa chambre, emplit d'eau le verre,
rompt le cachet de cire, hésite entre les trois
boîtes de poison.

La fenêtre était ouverte; les coqs semblaient
déchirer le brouillard dont les pins retenaient
entre leurs branches des lambeaux diaphanes.
Campagne trempée d'aurore. Comment renoncer
à tant de lumière? Qu'est-ce que la mort? On ne
sait pas ce qu'est la mort. Thérèse n'est pas
assurée du néant. Thérèse n'est pas absolument
sûre qu'il n'y ait personne. Thérèse se hait de ressentir une telle terreur. Elle, qui n'hésitait pas
à y précipiter autrui, se cabre devant le néant.

Que sa lâcheté l'humilie! S'il existe cet Etre
(et elle revoit, en un bref instant, la Fête-Dieu
accablante, l'homme solitaire écrasé sous une
chape d'or, et cette chose qu'il porte des deux
mains, et ces lèvres qui remuent, et cet air de
douleur); puisqu'Il existe, qu'Il détourne la
main criminelle avant que ce soit trop tard —
et si c'est sa volonté qu'une pauvre âme aveugle
franchisse le passage, puisse-t-Il, du moins,
accueillir avec amour ce monstre, sa créature.
Thérèse verse dans l'eau le chloroforme dont le
nom, plus familier, lui fait moins peur parce
qu'il suscite des images de sommeil. Qu'elle se
hâte! La maison s'éveille : Balionte a rabattu
les volets dans la chambre de tante Clara. Que
crie-t-elle à la sourde? D'habitude, la servante
sait se faire comprendre au mouvement des
lèvres. Un bruit de portes et de pas précipités.
Thérèse n'a que le temps de jeter un châle sur
la table pour cacher les poisons. Balionte entre
sans frapper :

« Mamiselle est morte! Je l'ai trouvée morte,
sur son lit, tout habillée. Elle est déjà froide. »

On a tout de même mis un chapelet entre les
doigts de la vieille impie, une crucifix sur sa poi-

trine. Des métayers entrent, s'agenouillent, sortent, non sans avoir longuement dévisagé Thérèse debout au pied du lit : (« Et qui sait si ce n'est pas elle encore qui a fait le coup? ») Bernard est allé à Saint-Clair pour avertir la famille et pour toutes les démarches. Il a dû se dire que cet accident venait à point, ferait diversion. Thérèse regarde ce corps, ce vieux corps fidèle qui s'est couché sous ses pas au moment où elle allait se jeter dans la mort. Hasard; coïncidence. Si on lui parlait d'une volonté particulière, elle hausserait les épaules. Les gens se disent les uns aux autres : « Vous avez vu? Elle ne fait même pas semblant de pleurer! » Thérèse parle dans son cœur à celle qui n'est plus là : vivre, mais comme un cadavre entre les mains de ceux qui la haïssent. N'essayer de rien voir au-delà.

Aux funérailles, Thérèse occupa son rang. Le dimanche qui suivit, elle pénétra dans l'église avec Bernard qui, au lieu de passer par le bas-côté, selon son habitude, traversa ostensiblement la nef. Thérèse ne releva son voile de crêpe que lorsqu'elle eut pris place entre sa belle-mère et son mari. Un pilier la rendait invisible à l'assistance; en face d'elle, il n'y avait rien que

le chœur. Cernée de toutes parts : la foule derrière, Bernard à droite, Mme de la Trave à
gauche, et cela seulement lui est ouvert, comme
l'arène au taureau qui sort de la nuit : cet espace
vide, où, entre deux enfants, un homme déguisé
est debout, chuchotant, les bras un peu écartés.

XI

BERNARD et Thérèse rentrèrent le soir à Argelouse dans la maison Desqueyroux à peu près
inhabitée depuis des années. Les cheminées fu-
maient, les fenêtres fermaient mal, et le vent
passait sous les portes que les rats avaient ron-
gées. Mais l'automne fut si beau, cette année-là,
que d'abord Thérèse ne souffrit pas de ces in-
commodités. La chasse retenait Bernard jusqu'au
soir. A peine rentré, il s'installait à la cuisine,
dînait avec les Balion : Thérèse entendait le
bruit des fourchettes, les voix monotones. La
nuit tombe vite en octobre. Les quelques livres
qu'elle avait fait venir de la maison voisine lui
étaient trop connus. Bernard laissa sans réponse
la demande qu'elle lui fit de transmettre une
commande à son libraire de Bordeaux; il permit
seulement à Thérèse de renouveler sa provision

de cigarettes. Tisonner... mais la fumée résineuse
et refoulée brûlait ses yeux, irritait sa gorge déjà
malade à cause du tabac. A peine Balionte avait-
elle emporté les restes d'un repas rapide, que
Thérèse éteignait la lampe, se couchait. Com-
bien d'heures demeurait-elle étendue, sans que
la délivrât le sommeil! Le silence d'Argelouse
l'empêchait de dormir : elle préférait les nuits
de vent — cette plainte indéfinie des cimes
recèle une douceur humaine. Thérèse s'aban-
donnait à ce bercement. Les nuits troublées de
l'équinoxe l'endormaient mieux que les nuits
calmes.

Aussi interminables que lui parussent les
soirées, il lui arrivait pourtant de rentrer avant
le crépuscule — soit qu'à sa vue une mère ait
pris son enfant par la main, et l'ait ramené
rudement à l'intérieur de la métairie — soit
qu'un bouvier, dont elle connaissait le nom,
n'ait pas répondu à son bonjour. Ah! qu'il eût
été bon de se perdre, de se noyer au plus profond d'une ville populeuse! A Argelouse, pas un
berger qui ne connût sa légende (la mort même
de tante Clara lui était imputée). Elle n'aurait
osé franchir aucun seuil; elle sortait de chez
elle par une porte dérobée, évitait les maisons;

un cahot lointain de charrette suffisait pour qu'elle se jetât dans un chemin de traverse. Elle marchait vite, avec un cœur angoissé de gibier, se couchait dans la brande pour attendre que fût passée une bicyclette.

Le dimanche, à la messe de Saint-Clair, elle n'éprouvait pas cette terreur et goûtait quelque relâche. L'opinion du bourg lui paraissait plus favorable. Elle ne savait pas que son père, les La Trave la peignaient sous les traits d'une victime innocente et frappée à mort : « Nous craignons que la pauvre petite ne s'en relève pas; elle ne veut voir personne et le médecin dit qu'il ne faut pas la contrarier. Bernard l'entoure beaucoup, mais le moral est atteint... »

La dernière nuit d'octobre, un vent furieux, venu de l'Atlantique, tourmenta longuement les cimes, et Thérèse, dans un demi-sommeil, demeurait attentive à ce bruit de l'Océan. Mais au petit jour, ce ne fut pas la même plainte qui l'éveilla. Elle poussa les volets, et la chambre demeura sombre; une pluie menue, serrée, ruisselait sur les tuiles des communs, sur les feuilles encore épaisses des chênes. Bernard ne sortit pas, ce jour-là. Thérèse fumait, jetait sa ciga-

rette, allait sur le palier, et entendait son mari
errer d'une pièce à l'autre au rez-de-chaussée;
une odeur de pipe s'insinua jusque dans la
chambre, domina celle du tabac blond de Thérèse, et elle reconnut l'odeur de son ancienne
vie. Le premier jour de mauvais temps... Com-
bien devrait-elle en vivre au coin de cette cheminée où le feu mourait? Dans les angles la
moisissure détachait le papier. Aux murs, la
trace demeurait encore des portraits anciens
qu'avait pris Bernard pour en orner le salon de
Saint-Clair — et les clous rouillés qui ne soutenaient plus rien. Sur la cheminée, dans un triple
cadre de fausse écaille, des photographies étaient
pâles comme si les morts qu'elles représentaient
y fussent morts une seconde fois : le père de
Bernard, sa grand-mère, Bernard lui-même coiffé
« en enfant d'Edouard ». Tout ce jour à vivre
encore, dans cette chambre; et puis ces semaines,
ces mois...

Comme la nuit venait, Thérèse n'y tint plus,
ouvrit doucement la porte, descendit, pénétra
dans la cuisine. Elle vit Bernard assis sur une
chaise basse, devant le feu, et qui soudain se
mit debout. Balion interrompit le nettoyage d'un
fusil; Balionte laissa choir son tricot. Tous trois

la regardaient avec une telle expression qu'elle
leur demanda :

« Je vous fais peur?

— L'accès de la cuisine vous est interdit. Ne
le savez-vous pas? »

Elle ne répondit rien, recula vers la porte.
Bernard la rappela :

« Puisque je vous vois... je tiens à vous dire
que ma présence ici n'est plus nécessaire. Nous
avons su créer à Saint-Clair un courant de sym-
pathie; on vous croit, ou l'on fait semblant de
vous croire un peu neurasthénique. Il est entendu que vous aimez mieux vivre seule et que je
viens souvent vous voir. Désormais, je vous dispense de la messe... »

Elle balbutia que « ça ne l'ennuyait pas du
tout d'y aller ». Il répondit que ce n'était pas
son amusement qui importait. Le résultat cherché était acquis :

« Et puisque la messe, pour vous, ne signifie
rien... »

Elle ouvrit la bouche, parut au moment de
parler, demeura silencieuse. Il insista pour que
d'aucune parole, d'aucun geste, elle ne compro-
mît un succès si rapide, si inespéré. Elle demanda comment allait Marie. Il dit qu'elle allait

bien, et qu'elle partait le lendemain avec Anne
et Mme de la Trave pour Beaulieu. Lui-même
irait y passer quelques semaines : deux mois au
plus. Il ouvrit la porte, s'effaça devant Thérèse.

Au petit jour sombre, elle entendit Balion
atteler. Encore la voix de Bernard, des piaffe-
ments, les cahots de la carriole qui s'éloignait.
Enfin la pluie sur les tuiles, sur les vitres brouil-
lées, sur le champ désert, sur cent kilomètres de
landes et de marais, sur les dernières dunes mou-
vantes, sur l'Océan.

Thérèse allumait sa cigarette à celle qu'elle
achevait de fumer. Vers quatre heures, elle mit
un « ciré », s'enfonça dans la pluie. Elle eut
peur de la nuit, revint à sa chambre. Le feu
était éteint, et comme elle grelottait, elle se
coucha. Vers sept heures, Balionte lui ayant
monté un œuf frit sur du jambon, elle refusa
d'en manger; ce goût de graisse l'écœurait à la
fin! Toujours du confit ou du jambon. Balionte
disait qu'elle n'avait pas mieux à lui offrir :
M. Bernard lui avait interdit la volaille. Elle se
plaignait de ce que Thérèse la faisait monter
et descendre inutilement (elle avait une maladie
de cœur, les jambes enflées). Ce service était

déjà trop lourd pour elle; ce qu'elle en faisait, c'était bien pour M. Bernard.

Thérèse eut la fièvre cette nuit-là; et son esprit étrangement lucide construisait toute une vie à Paris : elle revoyait ce restaurant du Bois où elle avait été, mais sans Bernard, avec Jean Azévédo et des jeunes femmes. Elle posait son étui d'écaille sur la table, allumait une Abdullah. Elle parlait, expliquait son cœur, et l'orchestre jouait en sourdine. Elle enchantait un cercle de visages attentifs, mais nullement étonnés. Une femme disait : « C'est comme moi... j'ai éprouvé cela, moi aussi. » Un homme de lettres la prenait à part : « Vous devriez écrire tout ce qui se passe en vous. Nous publierons ce journal d'une femme d'aujourd'hui dans notre revue. » Un jeune homme qui souffrait à cause d'elle la ramenait dans son auto. Ils remontaient l'avenue du Bois; elle n'était pas troublée mais jouissait de ce jeune corps bouleversé, assis à sa gauche. « Non, pas ce soir, lui disait-elle. Ce soir, je dîne avec une amie. — Et demain soir? — Non plus. — Vos soirées ne sont jamais libres? — Presque jamais... pour ainsi dire jamais... »

Un être était dans sa vie grâce auquel tout le reste du monde lui paraissait insignifiant; quel-

qu'un que personne de son cercle ne connaissait;
une créature très humble, très obscure; mais
toute l'existence de Thérèse tournait autour de
ce soleil visible pour son seul regard, et dont sa
chair seule connaissait la chaleur. Paris grondait
comme le vent dans les pins. Ce corps contre son
corps, aussi léger qu'il fût, l'empêchait de respirer; mais elle aimait mieux perdre le souffle
que l'éloigner. (Et Thérèse fait le geste
d'étreindre, et de sa main droite serre son épaule
gauche — et les ongles de sa main gauche s'en-
foncent dans son épaule droite.)

Elle se lève, pieds nus; ouvre la fenêtre; les
ténèbres ne sont pas froides; mais comment imaginer qu'il puisse un jour ne plus pleuvoir? Il
pleuvra jusqu'à la fin du monde. Si elle avait de
l'argent, elle se sauverait à Paris, irait droit chez
Jean Azévédo, se confierait à lui; il saurait lui
procurer du travail. Etre une femme seule dans
Paris, qui gagne sa vie, qui ne dépend de personne... Etre sans famille! Ne laisser qu'à son
cœur le soin de choisir *les siens* — non selon le
sang, mais selon l'esprit, et selon la chair aussi;
découvrir ses vrais parents, aussi rares, aussi
disséminés fussent-ils... Elle s'endormit enfin, la
fenêtre ouverte. L'aube froide et mouillée

l'éveilla : elle claquait des dents, sans courage
pour se lever et fermer la fenêtre — incapable
même d'étendre le bras, de tirer la couverture.

Elle ne se leva pas, ce jour-là, ni ne fit sa toilette. Elle avala quelques bouchées de confit et
but du café pour pouvoir fumer (à jeun, son
estomac ne supportait plus le tabac). Elle
essayait de retrouver ses imaginations nocturnes;
au reste il n'y avait guère plus de bruit dans
Argelouse, et l'après-midi n'était guère moins
sombre que la nuit. En ces jours les plus courts
de l'année, la pluie épaisse unifie le temps,
confond les heures; un crépuscule rejoint l'autre
dans le silence immuable. Mais Thérèse était
sans désir de sommeil et ses songes en devenaient
plus précis; avec méthode, elle cherchait, dans
son passé, des visages oubliés, des bouches qu'elle
avait chéries de loin, des corps indistincts que
des rencontres fortuites, des hasards nocturnes
avaient rapprochés de son corps innocent. Elle
composait un bonheur, elle inventait une joie,
elle créait de toutes pièces un impossible amour.

« Elle ne quitte plus son lit, elle laisse son
confit et son pain — disait, à quelque temps de
là, Balionte à Balion. Mais je te jure qu'elle

vide bien toute sa bouteille. Autant qu'on lui
en donnerait, à cette garce, autant qu'elle en
boirait. Et après ça, elle brûle les draps avec sa
cigarette. Elle finira par nous mettre le feu. Elle
fume tant qu'elle a ses doigts et ses ongles jaunes,
comme si elle les avait trempés dans de l'ar-
nica : si ce n'est pas malheureux! des draps qui
ont été tissés sur la propriété... Attends un peu
que je te les change souvent! »

Elle disait encore qu'elle ne refusait pas de
balayer la chambre ni de faire le lit. Mais c'était
cette feignantasse qui ne voulait pas sortir des
draps. Et ce n'était pas la peine que Balionte,
avec ses jambes enflées, montât des brocs d'eau
chaude : elle les retrouvait, le soir, à la porte de
la chambre où elle les avait posés le matin.

La pensée de Thérèse se détachait du corps
inconnu qu'elle avait suscité pour sa joie, elle
se lassait de son bonheur, éprouvait la satiété
de l'imaginaire plaisir — inventait une autre
évasion. On s'agenouillait autour de son grabat.
Un enfant d'Argelouse (un de ceux qui fuyaient
à son approche) était apporté mourant dans la
chambre de Thérèse; elle posait sur lui sa main
toute jaunie de nicotine, et il se relevait guéri.
Elle inventait d'autres rêves plus humbles : elle

arrangeait une maison au bord de la mer, voyait
en esprit le jardin, la terrasse, disposait les pièces,
choisissait un à un chaque meuble, cherchait
la place pour ceux qu'elle possédait à Saint-
Clair, se disputait avec elle-même pour le choix
des étoffes. Puis le décor se défaisait, devenait
moins précis, et il ne restait qu'une charmille,
un banc devant la mer. Thérèse, assise, reposait
sa tête contre une épaule, se levait à l'appel de
la cloche pour le repas, entrait dans la charmille
noire et quelqu'un marchait à ses côtés qui
soudain l'entourait des deux bras, l'attirait. Un
baiser, songe-t-elle, doit arrêter le temps; elle
imagine qu'il existe dans l'amour des secondes
infinies. Elle l'imagine; elle ne le saura jamais.
Elle voit la maison blanche encore, le puits; une
pompe grince; des héliotropes arrosés parfument
la cour; le dîner sera un repos avant ce bonheur
du soir et de la nuit qu'il doit être impossible
de regarder en face, tant il dépasse la puissance
de notre cœur : ainsi l'amour dont Thérèse a
été plus sevrée qu'aucune créature, elle en est
possédée, pénétrée. A peine entend-elle les criail-
leries de Balionte. Que crie la vieille? Que
M. Bernard rentrera du Midi, un jour ou l'autre,
sans avertir : « et que dira-t-il quand il verra

cette chambre? Un vrai parc à cochons! Il faut
que Madame se lève de gré ou de force. » Assise
sur son lit, Thérèse regarde avec stupeur ses
jambes squelettiques, et ses pieds lui paraissent
énormes. Balionte l'enveloppe d'une robe de
chambre, la pousse dans un fauteuil. Elle cherche
à côté d'elle les cigarettes, mais sa main retombe
dans le vide. Un soleil froid entre par la fenêtre
ouverte. Balionte s'agite, un balai à la main,
s'essouffle, marmonne des injures — Balionte
qui est bonne pourtant, puisqu'on raconte en
famille qu'à chaque Noël la mort du cochon
qu'elle a fini d'engraisser lui arrache des larmes.
Elle en veut à Thérèse de ne pas lui répondre :
le silence est à ses yeux une injure, un signe de
mépris.

Mais il ne dépendait pas de Thérèse qu'elle
parlât. Quand elle ressentit dans son corps la
fraîcheur des draps propres, elle crut avoir dit
merci; en vérité, aucun son n'était sorti de ses
lèvres. Balionte lui jeta, en s'en allant : « Ceux-
là, vous ne les brûlerez pas! » Thérèse eut peur
qu'elle ait enlevé les cigarettes, avança la main
vers la table : les cigarettes n'y étaient plus.
Comment vivre sans fumer? Il fallait que ses
doigts pussent sans cesse toucher cette petite

chose sèche et chaude; il fallait qu'elle pût ensuite les flairer indéfiniment et que la chambre
baignât dans une brume qu'avait aspirée et
rejetée sa bouche. Balionte ne remonterait que
le soir; tout un après-midi sans tabac! Elle ferma
les yeux, et ses doigts jaunes faisaient encore le
mouvement accoutumé autour d'une cigarette.

A sept heures Balionte entra avec une bougie,
posa sur la table le plateau : du lait, du café,
un morceau de pain. « Alors, vous n'avez pas
besoin d'autre chose? » Elle attendit maligne-
ment que Thérèse réclamât ses cigarettes; mais
Thérèse ne détourna pas sa face collée au mur.

Balionte avait sans doute négligé de bien
fermer la fenêtre : un coup de vent l'ouvrit, et
le froid de la nuit emplit la chambre. Thérèse
se sentait sans courage pour rejeter les couvertures, pour se lever, pour courir pieds nus jusqu'à la croisée. Le corps ramassé, le drap tiré
jusqu'aux yeux, elle demeurait immobile, ne
recevant que sur ses paupières et sur son front
le souffle glacé. L'immense rumeur des pins
emplissait Argelouse, mais en dépit de ce bruit
d'océan, c'était tout de même le silence d'Argelouse. Thérèse songeait que si elle eût aimé
souffrir, elle ne se fût pas si profondément en-

foncée sous ses couvertures. Elle essaya de les repousser un peu, ne put demeurer que quelques secondes exposée au froid. Puis, elle y réussit plus longtemps, comme par jeu. Sans que ce fût selon une volonté délibérée, sa douleur devenait ainsi son occupation et — qui sait? — sa raison d'être au monde.

XII

« Une lettre de Monsieur. »

Comme Thérèse ne prenait pas l'enveloppe qu'elle lui tendait, Balionte insista : sûrement, Monsieur disait quand il rentrait; il fallait pourtant qu'elle le sût pour tout préparer.

« Si Madame veut que je lise... »

Thérèse dit : « Lisez! lisez! » Et, comme elle faisait toujours en présence de Balionte, se tourna du côté du mur. Pourtant, ce que déchiffrait Balionte la tira de sa torpeur :

J'ai été heureux d'apprendre, par les rapports de Balion, que tout va bien à Argelouse...

Bernard annonçait qu'il rentrerait par la route, mais que comme il comptait s'arrêter dans

plusieurs villes, il ne pouvait fixer la date exacte
de son retour.

*Ce ne sera sûrement pas après le 20 décembre.
Ne vous étonnez pas de me voir arriver avec
Anne et le fils Deguilhem. Ils se sont fiancés à
Beaulieu; mais ce n'est pas encore officiel; le fils
Deguilhem tient beaucoup à vous voir d'abord.
Question de convenance, assure-t-il; pour moi,
j'ai le sentiment qu'il veut se faire une opinion
sur vous savez quoi. Vous êtes trop intelligente
pour ne pas vous tirer de cette épreuve. Rappe-
lez-vous que vous êtes souffrante, que le moral est
atteint. Enfin, je m'en rapporte à vous. Je saurai
reconnaître votre effort pour ne pas nuire au
bonheur d'Anne, ni compromettre l'heureuse
issue de ce projet si satisfaisant pour la
famille, à tous égards — comme je n'hésiterais
pas non plus, le cas échéant, à vous faire payer
cher toute tentative de sabotage; mais je suis sûr
que ce n'est pas à redouter.*

C'était un beau jour clair et froid. Thérèse se
leva, docile aux injonctions de Balionte, et fit
à son bras quelques pas dans le jardin, mais eut
bien de la peine à finir son blanc de poulet.

Il restait dix jours avant le 20 décembre. Si Madame consentait à se secouer un peu, c'était plus qu'il n'en fallait pour être sur pied.

« On ne peut pas dire qu'elle y mette de la mauvaise volonté, disait Balionte à Balion. Elle fait ce qu'elle peut. M. Bernard s'y connaît pour dresser les mauvais chiens. Tu sais, quand il leur met le « collier de force »? Celle-là ça n'a pas été long de la rendre comme une chienne couchante. Mais il ferait aussi bien de ne pas s'y fier... »

Thérèse, en effet, mettait tout son effort dans le renoncement au songe, au sommeil, à l'anéantissement. Elle s'obligeait à marcher, à manger, mais surtout à redevenir lucide, à voir avec ses yeux de chair les choses, les êtres — et comme elle fût revenue dans une lande incendiée par elle, qu'elle eût foulé cette cendre, qu'elle se fût promenée à travers les pins brûlés et noirs, elle essaierait aussi de parler, de sourire au milieu de cette famille — de sa famille.

Le 18, vers trois heures, par un temps couvert mais sans pluie, Thérèse était assise devant le feu de sa chambre, la tête appuyée au dossier, les yeux fermés. Une trépidation de moteur l'éveilla. Elle

reconnut la voix de Bernard dans le vestibule;
elle entendit aussi Mme de la Trave. Lorsque
Balionte, à bout de souffle, eut poussé la porte
sans avoir frappé, Thérèse était debout déjà,
devant la glace. Elle mettait du rouge à ses joues,
à ses lèvres. Elle disait : « Il ne faut pas que je
lui fasse peur, à ce garçon. »

Mais Bernard avait commis une faute en ne
montant pas d'abord chez sa femme. Le fils Deguilhem, qui avait promis à sa famille « de ne
pas garder les yeux dans sa poche », se disait
« que c'était à tout le moins un manque d'em-
pressement et qui donnait à penser ». Il s'écarta
un peu d'Anne, releva son col de fourrure, en
remarquant que « ces salons de campagne, il ne
faut pas essayer de les chauffer ». Il demanda à
Bernard : « Vous n'avez pas de cave en dessous?
Alors votre plancher pourrira toujours, à moins
que vous ne fassiez mettre une couche de ci-
ment... »

Anne de la Trave avait un manteau de petit-
gris, un chapeau de feutre sans ruban ni cocarde
(« mais, disait Mme de la Trave, il coûte plus
cher, sans la moindre fourniture, que nos chapeaux
d'autrefois avec leurs plumes et leurs aigrettes.
C'est vrai que le feutre est de toute beauté.

Il vient de chez Lailhaca, mais c'est le modèle de Reboux »). Mme de la Trave tendait ses bottines au feu, sa figure à la fois impérieuse et molle était tournée vers la porte. Elle avait promis à Bernard d'être à la hauteur des circonstances. Par exemple, elle l'avait averti : « Ne me demande pas de l'embrasser. On ne peut pas demander ça à ta mère. Ce sera déjà pour moi bien assez terrible de toucher sa main. Tu vois : Dieu sait que c'est épouvantable ce qu'elle a fait; eh bien, ce n'est pas ce qui me révolte le plus. On savait déjà qu'il y avait des gens capables d'assassiner... mais c'est son hypocrisie! Ça, c'est épouvantable! Tu te rappelles : « Mère, prenez « donc ce fauteuil, vous serez mieux... » Et tu te souviens quand elle avait tellement peur de te frapper? « Le pauvre chéri a horreur de la « mort, une consultation l'achèvera... » Dieu sait que je ne me doutais de rien; mais « pauvre « chéri » dans sa bouche m'avait surprise.. »

Maintenant, dans le salon d'Argelouse, Mme de la Trave n'est plus sensible qu'à la gêne que chacun éprouve; elle observe les yeux de pie du fils Deguilhem fixés sur Bernard.

« Bernard, tu devrais aller voir ce que fait Thérèse... Elle est peut-être plus souffrante. »

Anne (indifférente, comme détachée de ce qui peut survenir) reconnaît la première un pas familier, dit : « Je l'entends qui descend. » Bernard, une main appuyée à son cœur, souffre d'une palpitation. C'était idiot de n'être pas arrivé la veille, il aurait réglé la scène d'avance avec Thérèse. Qu'allait-elle dire? Elle était de force à tout compromettre, sans rien faire précisément qu'on lui pût reprocher. Comme elle descend lentement l'escalier! Ils sont tous debout, tournés vers la porte que Thérèse ouvre enfin.

Bernard devait se rappeler, bien des années après, qu'à l'approche de ce corps détruit, de cette petite figure blanche et fardée, il pensa d'abord : *cour d'assises*. Mais ce n'était pas à cause du crime de Thérèse. En une seconde, il revit cette image coloriée du *Petit Parisien* qui, parmi beaucoup d'autres, ornait les cabinets en planches du jardin d'Argelouse — et tandis que bourdonnaient les mouches, qu'au-dehors grinçaient les cigales d'un jour de feu, ses yeux d'enfant scrutaient ce dessin rouge et vert qui représentait *La Séquestrée de Poitiers*.

Ainsi contemplait-il, maintenant, Thérèse, exsangue, décharnée, et mesurait-il sa folie de

n'avoir pas coûte que coûte écarté cette femme
terrible — comme on va jeter à l'eau un engin
qui, d'une seconde à l'autre, peut éclater. Que
ce fût ou non à son insu, Thérèse suscitait le
drame — pire que le drame : le fait divers; il
fallait qu'elle fût criminelle ou victime... Il y
eut, du côté de la famille, une rumeur d'éton-
nement et de pitié si peu feinte, que le fils
Deguilhem hésita dans ses conclusions, ne sut
plus que penser. Thérèse disait :

« Mais c'est très simple, le mauvais temps
m'empêchait de sortir, alors j'avais perdu l'appétit. Je ne mangeais presque plus. Mieux vaut
maigrir qu'engraisser... Mais parlons de toi,
Anne, je suis heureuse... »

Elle lui prit les mains (elle était assise, Anne
debout). Elle la contemplait. Dans cette figure,
qu'on eût cru rongée, Anne reconnaissait bien
ce regard dont l'insistance naguère l'irritait. Elle
se souvient qu'elle lui disait : « Quand tu auras
fini de me regarder comme ça! »

« Je me réjouis de ton bonheur, ma petite
Anne. »

Elle sourit brièvement au « bonheur
d'Anne », au fils Deguilhem — à ce crâne, à ces
moustaches de gendarme, à ces épaules tom-

bantes, à cette jaquette, à ces petites cuisses
grasses sous un pantalon rayé gris et noir (mais
quoi! c'était un homme comme tous les hommes
— enfin, un mari). Puis de nouveau elle posa
les yeux sur Anne, lui dit :

« Enlève ton chapeau... Ah! comme ça, je te
reconnais, ma chérie. »

Anne, maintenant, voyait de tout près une
bouche un peu grimaçante, ces yeux toujours
secs, ces yeux sans larmes; mais elle ne savait
pas ce que pensait Thérèse. Le fils Deguilhem
disait que l'hiver à la campagne n'est pas si terrible pour une femme qui aime son intérieur :
« Il y a toujours tant de choses à faire dans une
maison. »

« Tu ne me demandes pas des nouvelles de
Marie?

— C'est vrai... Parle-moi de Marie... »

Anne parut de nouveau méfiante, hostile; depuis des mois, elle répétait souvent, avec les
mêmes intonations que sa mère : « Je lui aurais
tout pardonné, parce que enfin c'est une malade; mais son indifférence pour Marie, je ne
peux pas la digérer. Une mère qui ne s'intéresse
pas à son enfant, vous pouvez inventer toutes les
excuses que vous voudrez, je trouve ça ignoble. »

Thérèse lisait dans la pensée de la jeune fille :
« Elle me méprise parce que je ne lui ai pas
d'abord parlé de Marie. Comment lui expliquer?
Elle ne comprendrait pas que je suis remplie de
moi-même, que je m'occupe tout entière. Anne,
elle, n'attend que d'avoir des enfants pour
s'anéantir en eux, comme a fait sa mère, comme
font toutes les femmes de la famille. Moi, il faut
toujours que je me retrouve; je m'efforce de me
rejoindre... Anne oubliera son adolescence
contre la mienne, les caresses de Jean Azévédo,
dès le premier vagissement du marmot que va
lui faire ce gnome, sans même enlever sa jaquette. Les femmes de la famille aspirent à
perdre toute existence individuelle. C'est beau,
ce don total à l'espèce; je sens la beauté de cet
effacement, de cet anéantissement... Mais moi,
mais moi... »

Elle essaya de ne pas écouter ce qu'on disait,
de penser à Marie; la petite devait parler, maintenant : « Cela m'amuserait quelques secondes,
peut-être, de l'entendre, mais tout de suite elle
m'ennuierait, je serais impatiente de me retrouver seule avec moi-même... » Elle interroge
Anne :

« Elle doit bien parler, Marie?

— Elle répète tout ce qu'on veut. C'est tordant. Il suffit d'un coq ou d'une trompe d'auto, pour qu'elle lève son petit doigt et dise : « T'en-« tends la sisique? » C'est un amour, c'est un chou. »

Thérèse songe : « Il faut que j'écoute ce qu'on dit. J'ai la tête vide; que raconte le fils Deguilhem? » Elle fait un grand effort, prête l'oreille.

« Dans ma propriété de Balisac, les résiniers ne sont pas vaillants comme ici : quatre amasses de gemme, lorsque les paysans d'Argelouse en font sept ou huit.

— Au prix où est la gemme, faut-il qu'ils soient fainéants!

— Savez-vous qu'un résinier, aujourd'hui, se fait des journées de cent francs... Mais je crois que nous fatiguons Mme Desqueyroux... »

Thérèse appuyait au dossier sa nuque. Tout le monde se leva. Bernard décida qu'il ne rentrerait pas à Saint-Clair. Le fils Deguilhem acceptait de conduire l'auto que le chauffeur ramènerait à Argelouse, le lendemain, avec le bagage de Bernard. Thérèse fit un effort pour se lever, mais sa belle-mère l'en empêcha.

Elle ferme les yeux, elle entend Bernard dire

à Mme de la Trave : « Ces Balion, tout de
même! ce que je vais leur laver la tête... Ils le
sentiront passer. — Fais attention, ne va pas
trop fort, il ne faut pas qu'ils s'en aillent; d'abord
ils en savent trop long; et puis, pour les propriétés... Balion est seul à bien connaître toutes
les limites. »

Mme de la Trave répond à une réflexion de
Bernard que Thérèse n'a pas entendue : « Tout
de même, sois prudent, ne te fie pas trop à
elle, surveille ses gestes, ne la laisse jamais entrer
seule à la cuisine ou à la salle à manger... mais
non : elle n'est pas évanouie; elle dort ou elle
fait semblant. »

Thérèse rouvre les yeux : Bernard est devant
elle; il tient un verre et dit : « Avalez ça; c'est
du vin d'Espagne; c'est très remontant. » Et
comme il fait toujours ce qu'il a décidé de faire,
il entre à la cuisine, se met en colère. Thérèse
entend le patois glapissant de Balionte et songe :
« Bernard a eu peur, c'est évident; peur de
quoi? » Il rentre :

« Je pense que vous mangerez avec plus d'appétit à la salle à manger que dans votre chambre.
J'ai donné des ordres pour que le couvert soit
mis comme autrefois. »

Thérèse retrouvait le Bernard du temps de
l'instruction : l'allié qui voulait à tout prix la
tirer d'affaire. Il désire qu'elle guérisse, coûte
que coûte. Oui, c'est évident qu'il a eu peur.
Thérèse l'observe, assis en face d'elle et tison-
nant, mais ne devine pas l'image que contem-
plent ses gros yeux dans la flamme; ce dessin
rouge et vert du *Petit Parisien : La Séquestrée
de Poitiers.*

Autant qu'il ait plu, le sable d'Argelouse ne
retient aucune flaque. Au cœur de l'hiver, il suffit d'une heure de soleil pour impunément fou-
ler, en espadrilles, les chemins feutrés d'aiguilles,
élastiques et secs. Bernard chassait tout le jour,
mais rentrait pour les repas, s'inquiétait de Thérèse, la soignait comme il n'avait jamais fait.
Très peu de contrainte dans leurs rapports. Il
l'obligeait à se peser tous les trois jours, à ne
fumer que deux cigarettes après chaque repas.
Thérèse, sur le conseil de Bernard, marchait
beaucoup : « L'exercice est le meilleur apéritif. »

Elle n'avait plus peur d'Argelouse; il lui semblait que les pins s'écartaient, ouvraient leurs
rangs, lui faisaient signe de prendre le large.
Un soir, Bernard lui avait dit : « Je vous demande d'attendre jusqu'au mariage d'Anne; il

faut que tout le pays nous voie, une fois encore, ensemble; après, vous serez libre. » Elle n'avait pu dormir, durant la nuit qui suivit. Une inquiète joie lui tenait les yeux ouverts. Elle entendit à l'aube les coqs innombrables qui ne semblaient pas se répondre : ils chantaient tous ensemble, emplissaient la terre et le ciel d'une seule clameur. Bernard la lâcherait dans le monde, comme autrefois dans la lande cette laie qu'il n'avait pas su apprivoiser. Anne enfin mariée, les gens diraient ce qu'ils voudraient : Bernard immergerait Thérèse au plus profond de Paris et prendrait la fuite. C'était entendu entre eux. Pas de divorce ni de séparation officielle; on inventerait, pour le monde, une raison de santé (« elle ne se porte bien qu'en voyage »). Il lui réglerait fidèlement ses gemmes, à chaque Toussaint.

Bernard n'interrogeait pas Thérèse sur ses projets : qu'elle aille se faire pendre ailleurs. « Je ne serai tranquille, disait-il à sa mère, que lorsqu'elle aura débarrassé le plancher. — J'entends bien qu'elle reprendra son nom de jeune fille... N'empêche que si elle fait des siennes, on saura bien te retrouver. » Mais Thérèse, affirmait-il, ne ruait que dans les brancards. Libre, peut-être, n'y aurait-il pas plus raisonnable. Il fallait, en tout cas, en courir la chance. C'était aussi l'opinion de M. Larroque. Tout compte fait, mieux valait que Thérèse disparût; on l'oublierait plus vite, les gens perdraient l'habitude d'en parler. Il importait de faire le silence. Cette idée avait pris racine en eux et rien ne les en eût fait démordre : il fallait que Thérèse sortît des brancards. Qu'ils en étaient impatients!

Thérèse aimait ce dépouillement que l'hiver finissant impose à une terre déjà si nue; pourtant la bure tenace des feuilles mortes demeurait attachée aux chênes. Elle découvrait que le silence d'Argelouse n'existe pas. Par les temps les plus calmes, la forêt se plaint comme on pleure sur soi-même, se berce, s'endort et les nuits ne sont qu'un indéfini chuchotement. Il y aurait des aubes de sa future vie, de cette inimaginable vie, des aubes si désertes qu'elle regretterait peut-être l'heure du réveil à Argelouse, l'unique clameur des coqs sans nombre. Elle se souviendra, dans les étés qui vont venir, des cigales du jour et des grillons de la nuit. Paris : non plus les pins déchirés, mais les êtres redoutables; la foule des hommes après la foule des arbres.

Les époux s'étonnaient de ce qu'entre eux subsistait si peu de gêne. Thérèse songeait que les êtres nous deviennent supportables dès que nous sommes sûrs de pouvoir les quitter. Bernard s'intéressait au poids de Thérèse — mais aussi à ses propos : elle parlait devant lui plus librement qu'elle n'avait jamais fait : « A Paris... quand je serai à Paris... » Elle habiterait l'hôtel, chercherait peut-être un appartement. Elle comptait suivre des cours, des conférences, des concerts, « reprendre son éducation par la base ». Bernard ne songeait pas à la surveiller; et, sans arrière-pensée, mangeait sa soupe, vidait son verre. Le docteur Pédemay, qui parfois les rencontrait sur la route d'Argelouse, disait à sa femme : « Ce qu'il y a d'étonnant, c'est qu'ils n'ont pas du tout l'air de jouer la comédie. »

XIII

Un matin chaud de mars, vers dix heures, le
flot humain coulait déjà, battait la terrasse du
café de la Paix où étaient assis Bernard et Thérèse. Elle jeta sa cigarette et, comme font les
Landais, l'écrasa avec soin.

« Vous avez peur de mettre le feu au trottoir? »

Bernard se força pour rire. Il se reprochait
d'avoir accompagné Thérèse jusqu'à Paris. Sans
doute au lendemain du mariage d'Anne,
l'avait-il fait à cause de l'opinion publique —
mais surtout il avait obéi au désir de la jeune
femme. Il se disait qu'elle avait le génie des
situations fausses : tant qu'elle demeurerait dans
sa vie, il risquait de condescendre ainsi à des
gestes déraisonnables; même sur un esprit aussi
équilibré, aussi solide que le sien, cette folle gar-

dait un semblant d'influence. Au moment de se
séparer d'elle, il ne pouvait se défendre d'une
tristesse dont il n'eût jamais convenu; rien qui
lui fût plus étranger qu'un sentiment de cette
sorte, provoqué par autrui (mais surtout par
Thérèse... cela était impossible à imaginer). Qu'il
se sentait impatient d'échapper à ce trouble!
Il ne respirerait librement que dans le train
de midi. L'auto l'attendrait ce soir à Langon.
Très vite, au sortir de la gare, sur la route de
Villandraut, les pins commencent. Il observait
le profil de Thérèse, ses prunelles qui parfois
s'attachaient dans la foule à une figure, la suivaient jusqu'à ce qu'elle ait disparu; et soudain :

« Thérèse... je voulais vous demander... »

Il détourna les yeux, n'ayant jamais pu soutenir le regard de cette femme, puis très vite :

« Je voudrais savoir... C'était parce que vous
me détestiez? Parce que je vous faisais horreur? »

Il écoutait ses propres paroles avec étonne-
ment, avec agacement. Thérèse sourit, puis le
fixa d'un air grave : Enfin! Bernard lui posait
une question, celle même qui fût d'abord venue
à l'esprit de Thérèse si elle avait été à sa place.
Cette confession longuement préparée, dans la
victoria, au long de la route du Nizan, puis dans

le petit train de Saint-Clair, cette nuit de re-
cherches, cette quête patiente, cet effort pour
remonter à la source de son acte — enfin ce retour épuisant sur soi-même était peut-être au
moment d'obtenir son prix. Elle avait, à son
insu, troublé Bernard. Elle l'avait compliqué;
et voici qu'il l'interrogeait comme quelqu'un
qui ne voit pas clair, qui hésite... Moins simple...
donc, moins implacable. Thérèse jeta sur cet
homme nouveau un regard complaisant, presque
maternel. Pourtant, elle lui répondit, d'un ton
de moquerie :

« Ne savez-vous pas que c'est à cause de vos
pins? Oui, j'ai voulu posséder seule vos pins. »

Il haussa les épaules :

« Je ne le crois plus si je l'ai jamais cru. Pourquoi avez-vous fait cela? Vous pouvez bien me
le dire, maintenant. »

Elle regardait dans le vide : sur ce trottoir, au
bord d'un fleuve de boue et de corps pressés,
au moment de s'y jeter, de s'y débattre, ou de
consentir à l'enlisement, elle percevait une
lueur, une aube : elle imaginait un retour au
pays secret et triste — toute une vie de médi-
tation, de perfectionnement, dans le silence d'Argelouse : l'aventure intérieure, la recherche de

Dieu... Un Marocain qui vendait des tapis et des colliers de verre crut qu'elle lui souriait, s'approcha d'eux. Elle dit, avec le même air de se moquer :

« J'allais vous répondre : « Je ne sais pas « pourquoi j'ai fait cela »; mais maintenant, peut-être le sais-je, figurez-vous! Il se pourrait que ce fût pour voir dans vos yeux une inquiétude, une curiosité — du trouble enfin : tout ce que depuis une seconde j'y découvre. »

Il gronda, d'un ton qui rappelait à Thérèse leur voyage de noces :

« Vous aurez donc de l'esprit jusqu'à la fin... Sérieusement : pourquoi? »

Elle ne riait plus; elle demanda à son tour :

« Un homme comme vous, Bernard, connaît toujours toutes les raisons de ses actes, n'est-ce pas?

— Sûrement... sans doute... Du moins il me semble.

— Moi, j'aurais tant voulu que rien ne vous demeurât caché. Si vous saviez à quelle torture je me suis soumise, pour voir clair... Mais toutes les raisons que j'aurais pu vous donner, comprenez-vous, à peine les eussé-je énoncées, elles m'auraient paru menteuses... »

Bernard s'impatienta :

« Enfin, il y a eu tout de même un jour où vous vous êtes décidée... où vous avez fait le geste?

— Oui, le jour du grand incendie de Mano. »

Ils s'étaient rapprochés, parlaient à mi-voix. A ce carrefour de Paris, sous ce soleil léger, dans ce vent un peu trop frais qui sentait le tabac d'outre-mer et agitait les stores jaunes et rouges, Thérèse trouvait étrange d'évoquer l'après-midi accablant, le ciel gorgé de fumée, le fuligineux azur, cette pénétrante odeur de torche qu'épandent les pignades consumées — et son propre cœur ensommeillé où prenait forme lentement le crime.

« Voici comment cela est venu : c'était dans la salle à manger, obscure comme toujours à midi; vous parliez, la tête un peu tournée vers Balion, oubliant de compter les gouttes qui tombaient dans votre verre. »

Thérèse ne regardait pas Bernard, toute au soin de ne pas omettre la plus menue circonstance; mais elle l'entendit rire et alors le dévisagea : oui, il riait de son stupide rire; il disait : « Non! mais pour qui me prenez-vous! » Il ne la croyait pas (mais, au vrai, ce qu'elle

disait, était-ce croyable?) Il ricanait et elle reconnaissait le Bernard sûr de soi et qui ne
s'en laisse pas conter. Il avait reconquis son
assiette; elle se sentait de nouveau perdue; il
gouaillait :

« Alors, l'idée vous est venue, comme cela,
tout d'un coup, par l'opération du Saint-
Esprit? »

Qu'il se haïssait d'avoir interrogé Thérèse!
C'était perdre tout le bénéfice du mépris dont
il avait accablé cette folle : elle relevait la tête,
parbleu! Pourquoi avait-il cédé à ce brusque
désir de comprendre? Comme s'il y avait quoi
que ce fût à comprendre, avec ces détraquées!
Mais cela lui avait échappé; il n'avait pas réfléchi...

« Ecoutez, Bernard, ce que je vous en dis, ce
n'est pas pour vous persuader de mon innocence,
bien loin de là! »

Elle mit une passion étrange à se charger :
pour avoir agi ainsi en somnambule, il fallait,
à l'entendre, que depuis des mois elle eût ac-
cueilli dans son cœur, qu'elle eût nourri des
pensées criminelles. D'ailleurs, le premier geste
accompli, avec quelle fureur lucide elle avait
poursuivi son dessein! avec quelle ténacité!

« Je ne me sentais cruelle que lorsque ma main hésitait. Je m'en voulais de prolonger vos souffrances. Il fallait aller jusqu'au bout, et vite! Je cédais à un affreux devoir. Oui, c'était comme un devoir. »

Bernard l'interrompit :

« En voilà des phrases! Essayez donc de me dire, une bonne fois, ce que vous vouliez! Je vous en défie.

— Ce que je voulais? Sans doute serait-il plus aisé de dire ce que je ne voulais pas; je ne voulais pas jouer un personnage, faire des gestes, prononcer des formules, renier enfin à chaque instant une Thérèse qui... Mais non, Bernard; voyez, je ne cherche qu'à être véridique; comment se fait-il que tout ce que je vous raconte là rende un son si faux?

— Parlez plus bas : le monsieur qui est devant nous s'est retourné. »

Bernard ne souhaitait plus rien que d'en finir. Mais il connaissait cette maniaque : elle s'en donnerait à cœur joie de couper les cheveux en quatre. Thérèse comprenait aussi que cet homme, une seconde rapproché, s'était de nouveau éloigné à l'infini. Elle insistait pourtant, essayait de son beau sourire, donnait à sa voix

certaines inflexions basses et rauques qu'il avait
aimées.

« Mais maintenant, Bernard, je sens bien que
la Thérèse qui, d'instinct, écrase sa cigarette
parce qu'un rien suffit à mettre le feu aux
brandes — la Thérèse qui aimait compter ses
pins elle-même, régler ses gemmes — la Thérèse
qui était fière d'épouser un Desqueyroux, de
tenir son rang au sein d'une bonne famille de la
lande, contente enfin de se caser, comme on dit,
cette Thérèse-là est aussi réelle que l'autre, aussi
vivante; non, non : il n'y avait aucune raison de
la sacrifier à l'autre.

— Quelle autre? »

Elle ne sut que répondre, et il regarda sa
montre. Elle dit : « Il faudra pourtant que je
revienne quelquefois, pour mes affaires... et pour
Marie.

— Quelles affaires? C'est moi qui gère les
biens de la communauté. Nous ne revenons pas
sur ce qui est entendu, n'est-ce pas? Vous aurez
votre place à toutes les cérémonies officielles où
il importe, pour l'honneur du nom et dans l'intérêt de Marie, que l'on nous voie ensemble.
Dans une famille aussi nombreuse que la nôtre,
les mariages ne manquent pas, Dieu merci! ni

les enterrements. Pour commencer, ça m'éton-
nerait que l'oncle Martin dure jusqu'à l'automne : ce vous sera une occasion, puisqu'il
paraît que vous en avez déjà assez... »

Un agent à cheval approchait un sifflet de ses
lèvres, ouvrait d'invisibles écluses, une armée
de piétons se hâtait de traverser la chaussée noire
avant que l'ait recouverte la vague des taxis :
« J'aurais dû partir, une nuit, vers la lande du
Midi, comme Daguerre. J'aurais dû marcher à
travers les pins rachitiques de cette terre mauvaise — marcher jusqu'à épuisement. Je n'aurais
pas eu le courage de tenir ma tête enfoncée dans
l'eau d'une lagune (ainsi qu'a fait ce berger
d'Argelouse, l'année dernière, parce que sa bru
ne lui donnait pas à manger). Mais j'aurais pu
me coucher dans le sable, fermer les yeux... C'est
vrai qu'il y a les corbeaux, les fourmis qui n'attendent pas... »

Elle contempla le fleuve humain, cette masse
vivante qui allait s'ouvrir sous son corps, la rou-
ler, l'entraîner. Plus rien à faire. Bernard tire
encore sa montre.

« Onze heures moins le quart : le temps de
passer à l'hôtel...

— Vous n'aurez pas trop chaud pour voyager.

— Il faudra même que je me couvre, ce soir, dans l'auto. »

Elle vit en esprit la route où il roulerait, crut que le vent froid baignait sa face, ce vent qui sent le marécage, les copeaux résineux, les feux d'herbes, la menthe, la brume. Elle regarda Bernard, eut ce sourire qui autrefois faisait dire aux dames de la lande : « On ne peut pas prétendre qu'elle soit jolie, mais elle est le charme même. » Si Bernard lui avait dit : « Je te pardonne; viens... » Elle se serait levée, l'aurait suivi. Mais Bernard, un instant irrité de se sentir ému, n'éprouvait plus que l'horreur des gestes inaccoutumés, des paroles différentes de celles qu'il est d'usage d'échanger chaque jour. Bernard était « à la voie », comme ses carrioles : il avait besoin de ses ornières; quand il les aura retrouvées, ce soir même, dans la salle à manger de Saint-Clair, il goûtera le calme, la paix.

« Je veux une dernière fois vous demander pardon, Bernard. »

Elle prononce ces mots avec trop de solennité et sans espoir — dernier effort pour que re-

prenne la conversation. Mais lui proteste :
« N'en parlons plus...

— Vous allez vous sentir bien seul : sans être
là, j'occupe une place; mieux vaudrait pour vous
que je fusse morte. »

Il haussa un peu les épaules et, presque jovial,
la pria « de ne pas s'en faire pour lui ».

« Chaque génération de Desqueyroux a eu son
vieux garçon! il fallait bien que ce fût moi. J'ai
toutes les qualités requises (ce n'est pas vous
qui direz le contraire?). Je regrette seulement
que nous ayons eu une fille; à cause du nom qui
va finir. Il est vrai que, même si nous étions de-
meurés ensemble, nous n'aurions pas voulu
d'autre enfant... alors, en somme, tout va bien...
Ne vous dérangez pas; restez là. »

Il fit signe à un taxi, revint sur ses pas pour
rappeler à Thérèse que les consommations
étaient payées.

Elle regarda longtemps la goutte de porto au
fond du verre de Bernard; puis de nouveau dévisagea les passants. Certains semblaient attendre,
allaient et venaient. Une femme se retourna
deux fois, sourit à Thérèse (ouvrière, ou dégui-
sée en ouvrière?). C'était l'heure où se vident les

ateliers de couture. Thérèse ne songeait pas à quitter la place; elle ne s'ennuyait ni n'éprouvait de tristesse. Elle décida de ne pas aller voir, cet après-midi, Jean Azévédo — et poussa un soupir de délivrance : elle n'avait pas envie de le voir : causer encore! chercher des formules! Elle connaissait Jean Azévédo; mais les êtres dont elle souhaitait l'approche, elle ne les connaissait pas; elle savait d'eux seulement qu'ils n'exigeraient guère de paroles. Thérèse ne redoutait plus la solitude. Il suffisait qu'elle demeurât immobile : comme son corps, étendu dans la lande du Midi, eût attiré les fourmis, les chiens, ici elle pressentait déjà autour de sa chair une agitation obscure, un remous. Elle eut faim, se leva, vit dans une glace d'Old England la jeune femme qu'elle était : ce costume de voyage très ajusté lui allait bien. Mais de son temps d'Argelouse, elle gardait une figure comme rongée : ses pommettes trop saillantes, ce nez court. Elle songea : « Je n'ai pas d'âge. » Elle déjeuna (comme souvent dans ses rêves) rue Royale. Pourquoi rentrer à l'hôtel puisqu'elle n'en avait pas envie? Un chaud contentement lui venait, grâce à cette demi-bouteille de Pouilly. Elle demanda des cigarettes. Un jeune homme, d'une table voi-

sine, lui tendit son briquet allumé, et elle sourit.
La route de Villandraut, le soir, entre ces pins
sinistres, dire qu'il y a une heure à peine, elle
souhaitait de s'y enfoncer aux côtés de Bernard!
Qu'importe d'aimer tel pays ou tel autre, les
pins ou les érables, l'Océan ou la plaine? Rien
ne l'intéressait de ce qui vit, que les êtres de
sang et de chair. « Ce n'est pas la ville de pierres
que je chéris, ni les conférences, ni les musées,
c'est la forêt vivante qui s'y agite, et que creusent
des passions plus forcenées qu'aucune tempête.
Le gémissement des pins d'Argelouse, la nuit,
n'était émouvant que parce qu'on l'eût dit humain. »

Thérèse avait un peu bu et beaucoup fumé.
Elle riait seule comme une bienheureuse. Elle
farda ses joues et ses lèvres, avec minutie; puis,
ayant gagné la rue, marcha au hasard.

ŒUVRES DE FRANÇOIS MAURIAC

Parus aux Éditions Bernard Grasset :

ROMANS

L'Enfant chargé de Chaînes. — La Robe prétexte. — Le Baiser au Lépreux. — Le Fleuve de Feu. — Genitrix. — Le Désert de l'Amour. — Thérèse Desqueyroux. — Destins. — Trois Récits (nouvelles). — Ce qui était perdu. — Le Nœud de Vipères. — Le Mystère Frontenac. — Les Anges noirs. — Plongées. — La Fin de la nuit. — Les Chemins de la Mer. — La Pharisienne. — Le Mal.

THÉÂTRE

Asmodée (pièce en cinq actes). — Les mal aimés (pièce en trois actes). — Le Feu sur la terre (pièce en 4 actes).

ESSAIS ET CRITIQUES

La Vie et la Mort d'un Poète. — Souffrances et Bonheur du Chrétien. — Commencement d'une Vie. — Les Maisons fugitives. — Discours de Réception a l'Académie française. — Journal, tomes I, II et III. — Le Baillon dénoué. — De Gaulle. — Dieu et Mammon. — Ce que je crois.

POÈMES

Le Sang d'Atys. — Orages.

Chez d'autres éditeurs :

ROMANS

Le Sagouin. — La Chair et le sang. — Préséance. — Galigaï.

THÉÂTRE

Passage du malin.

POÈMES

Les Mains jointes, épuisé. — L'Adieu a l'Adolescence, épuisé. —

ESSAIS ET CRITIQUES

Le Jeune Homme. — La Province. — Petits Essais de Psychologie religieuse. — Vie de Racine. — Blaise Pascal et sa sœur Jacqueline. — Bordeaux. — Pèlerins de Lourdes. — Jeudi Saint. — Vie de Jésus. — Sainte Marguerite de Cortone. — Journal, tome IV. — Le Cahier noir. — La Rencontre avec Barrès. — Du coté de chez Proust. — Journal, édition en un volume. — Réponse a Paul Claudel a l'Académie française. — Mes Grands Hommes. — Supplément au traité de la Concupiscence. — Journal d'un homme de trente ans (extraits). — Le Roman. — René Bazin. — Le Drole. — Le Romancier et ses personnages. — La Pierre d'achoppement. — Mémoires Intérieurs. — Nouveaux Mémoires Intérieurs.

IMPRIMÉ EN FRANCE PAR BRODARD ET TAUPIN
58, rue Jean Bleuzen - Vanves -Usine de La Flèche.
LIBRAIRIE GÉNÉRALE FRANÇAISE - 14, rue de l'Ancienne-Comédie -Paris.
ISBN : 2 - 253 - 00421 - 9

Nouvelles éditions des « classiques »

La critique évolue, les connaissances s'accroissent. Le Livre de Poche Classique renouvelle, sous des couvertures prestigieuses, la présentation et l'étude des grands auteurs français et étrangers. Les préfaces sont rédigées par les plus grands écrivains ; l'appareil critique, les notes tiennent compte des plus récents travaux des spécialistes.

Texte intégral

Extrait du catalogue*

---

* Disponible chez votre libraire.

Le sigle ✆, placé au dos du volume, indique une nouvelle présentation.

30/0138/5